新しい俳壇をめざして

新世紀俳句時評

筑紫磐井
TUKUSI Bansei

東京四季出版

まえがき

「俳句四季」で、平成十五年（二〇〇三年）一月から現在まで、約二十年間にわたり、「俳壇観測」と題して俳句時評を連載している。平成二十五年（二〇一三年）一月までの十年間分を松尾正光前社長のご厚意により『21世紀俳句時評』として刊行していただいた。その後十年分が溜まったところから、西井洋子新社長のもとで『新しい俳壇をめざして――新世紀俳句時評』として刊行していただくことになった。二代の社長に厚く感謝申し上げる。

時評であるから、掲載の時点での記事となっている（編集部が字句や表題を加筆訂正したものもある）。『21世紀俳句時評』と読み比べてみると、この時期、特に令和となってからはコロナをはじめとした変化が激しい時期であり、現時点では執筆時点とは状況が変わっており、補足が必要となっているものもあるため、前の時評とは少し構成を変えて、文末に【参考】を加えることとした。時評とは執筆時点では現状の報告ではあるが、未来に向かっては予言でもあるので、そうした点も確認していただければ幸いである。

話題は句集・評論集の紹介にとどまらず、多くの俳壇内外の動静を取り上げた。二十年にもわたる時評集成は珍しいことだろうが、長い時間にわたる時評で初めて見えてくるものもあると思う。一方で、『21世紀俳句時評』と異なり、震災への対応、令和への改元、コロナの発生など、俳句を超えた多くの社会的事件との関係にも触れたため、俳句時評というよりは随想のようなものになってしまったのは遺憾とするところである。宥恕頂きたい。

戦後八十年
令和七年一月

筑紫磐井

新しい俳壇をめざして——新世紀俳句時評◆目次

装幀　髙林昭太

装幀写真　Cristina Lucia Ferreira

新しい俳壇をめざして——新世紀俳句時評

各見出しの下に、初出「俳句四季」の掲載号［年・月］を記した。（編集部）

宗田安正は、最後の一句で現代史を描く。

［H25・2］

評論家・宗田安正は、昭和の初年から末年までの六十冊の句集を「俳壇」に一回一冊ずつ紹介する連載を五年間続け、『昭和の名句集を読む』（本阿弥書店、二〇〇四年）として刊行した。『道芝』（久保田万太郎）、『草城句集（花氷）』（日野草城）から始まり『鳥屋』（攝津幸彦）までの句集を取り上げる。ほぼ同時期に東京四季出版から『現代一〇〇名句集（全十巻）』（二〇〇四―〇五年）が刊行されており、両者ではかなりの句集と作家名が合致していたから、宗田の本でダイジェストを知り、関心を持った句集のフルテキストを『一〇〇名句集』から選んで読むことができた。

そしてこのたび、この『昭和の名句集を読む』と好一対をなす著作として出されたのが『最後の一句』（本阿弥書店、二〇一二年）である。「俳壇」に二年にわたり連載されたものである。夏目漱石、正岡子規から攝津幸彦まで、二十六俳人を取り上げ、晩年の一句から始まりその生涯を浮かび上がらせる。同じ著者が書いたものだから、『昭和の名句集を読む』六十冊の句集の作者と合致する作家も多い。一冊の句集を、その作家の人生と重ね合わせて読むのも興味深いだろう。

瓢箪は鳴るか鳴らぬか秋の風　漱石
糸瓜咲て痰のつまりし佛かな　子規
もりもりもりあがる雲へ歩む　山頭火
春の山うしろから烟りが出だした　放哉
誰彼もあらず一天自尊の秋　蛇笏
松朽ち葉かからぬ五百木無かりけり　石鼎
鳥雲にわれは明日たつ筑紫かな　久女
雪はげし書き遺すこと何ぞ多き　多佳子
千の蟲鳴く一匹の狂ひ鳴き　鷹女

必ずしも辞世の句というわけではなく、晩年のその作家をうかがわせるに足りると思われる句を宗田が選んだものだ。ここに掲げたのはその前半である。有名な句、無名な句様々であり、意図したものかどうか分からないがライバル同士が組み合わせられて、人生の結末の皮肉がうかがわれるようである。漱石・子規の瓢箪と糸瓜の句が並ぶのも宿命的だし、山頭火・放哉は歩く山頭火と静かな放哉が対照的だ。蛇笏・石鼎の明治人らしい佶屈な調べも特徴的であれば、久女・多佳子・鷹女という初期の女流俳人たちの激しさに舌を巻く。
その後には、現代俳句史に欠かすことのできない作家たちの最後の一句を語る。

秋の暮大魚の骨を海が引く　三鬼
折々己れにおどろく噴水時の中　草田男
一輪の花となりたる揚花火　誓子
零《ゼロ》の中　爪立ちをして哭いてゐる　赤黄男
梟となり天の川渡りけり　楸邨
今生は病む生なりき烏頭　波郷
この世また闇もて閉づる夏怒濤　信子
淡海今諸方万緑谷深し　澄雄
人の日を振り向けば影形《かげかたち》なし　六林男
またもとのおのれにもどり夕焼中　龍太
山に金太郎野に金次郎予は昼寝　敏雄
目醒《めざ》め／がちなる／わが盡忠《じんちゅう》は／俳句《はいく》かな　重信

これらの句のうち、誓子、楸邨、波郷、信子、六林男、龍太の俳句は人生の終わりを迎えて感じる主観が濃厚に漂っている。一方、三鬼はその即物的把握に、草田男はなお残る主体性の輝きに、澄雄の自然回帰する風景に、敏雄はそこはかとない諧謔に、重信はその志に、とそれぞれの個性を強く打ち出しているのも頷けるものがある。

それにしても、例えば著名な俳人の最後の句を意外に我々は知らないということに気づく。第一作品集でほとんどその作家は語り尽くされてしまうのであり、次作品集、まして晩年の作品集は読まれることも少ない。

一方で、最後の一句と言いながら、水原秋櫻子、阿波野青畝、高野素十、富安風生、山口青邨、川端茅舎、松本たかし、星野立子、中村汀女の豪華な顔触れはない。これは宗田の美学であるのかも知れない。そうした中で、宗田が取り上げざるを得なかった作家として高浜虚子がいる。

春の山屍をうめて空しかり　　虚子

おそらく二十六人の二十六句の中で最もよく知られている句が、冒頭の子規の「糸瓜」の句とこの句ではなかろうか。虚子は一九五九年(昭和三十四年)三月三十日の句会でこの句を披露、翌々日発作を起こし、そのまま四月八日に亡くなっている。近代以降さまざまな俳句が工夫されたが、俳句を人生としてとらえられるような、つまり、芭蕉や一茶などに匹敵する全人格的な作品は、子規と虚子をもって終わっているのかも知れない。こんなことを思うと、いろいろと考えさせられるところの多い本なのである。

こう眺めた上で、宗田の掲げる最後の二人は特徴的だ。普通の俳句選集やシリーズでは決して載らない、宗田だからこそ取り上げずにはいられない作家だからだ。

父ありき書物のなかに春を閉ぢ　　修司

はいくほくはいかい鉛の蝸牛　　幸彦

寺山修司と攝津幸彦である。かたや俳句から始まったものの、短歌、詩、演劇、小説、映画など多彩な活躍をした人であるが、その俳句に臨む態度は複雑である。後年、十代の作品として発表されたものの多くが後年の作品であることを明らかにしたのは宗田であった。攝津幸彦に対してはつねに温かい眼差しで眺めていたのが宗田であった。「はいくほくはいかい」は俳句・発句・俳諧でありその歴史を微妙にずらしているのだが、鈍重な鉛の蝸牛に重ね合わせている。宗田はあとがきで「前著も本書も、絶対だった『近代』が壁に直面した時代の俳人攝津幸彦で終えることになった。その点でも本書は、あい補い合う前著の姉妹編である」と述べている。

現代史とはなかなか同時代人が語ることができないものであるが、亡くなった人を通して宗田は懐かしき現代史を語りかけている。

古沢太穂は、社会性俳句であり抒情俳句だ。

［H25・7］

『古沢太穂全集』（新俳句人連盟、二〇一三年）が出た。太穂は二〇〇〇年（平成十二年）に八十六歳で亡くなっているから、没後十三年たって出された全集である。この全集には太穂の句集五冊が収録されている他に、それとほぼ同じページ数の座談・講演・評論などが載っており、さらに太穂追悼の諸家の言葉も併載されているので、まさに古沢太穂の全貌を知ることができる全集となっている。千ページの大冊だが、その必然性をその内容が保証していると言えようか。

手頃な文献が必ずしも手に入れやすくはない太穂のような作家はぜひともこうした、一冊でほぼ間違いなく全貌をうかがうことのできる全集が必要だ。特に拾遺という一九四一年から没年までの作品二千句近くが加わることにより、太穂のエネルギーの全貌も見えてこようというものだ。

ロシア映画みてきて冬のにんじん太し

子も手うつ冬夜北ぐにの魚とる歌
（『三十代』一九五〇年）

白蓮白シャツ彼我ひるがえり内灘へ
巣燕仰ぐ金髪汝も日本の子
（『古沢太穂句集』一九五五年）

中田島砂丘
いくども砂照るビキニ忌後の風紋
怒濤まで四五枚の田が冬の旅
（『捲かるる鷗』一九八三年）

八月八日松川差戻審無罪判決を行進半ばにきく
だれも光りに歳月越えて来し炎天
赤城さかえ逝く
もうむくろに今日ぼろぼろの雲とつばめ
本漁ればいつも青春肩さむし
（『火雲』一九八二年）

とまれ古稀夏大根の曳く辛み

（『うしろ手』一九九五年）

ヒロシマ訪いしをあまりは言わず孫の夏

（『拾遺作品』一九九九年）

太穂といえば『古沢太穂句集』でまず有名だが、その『古沢太穂句集』が、習作時代と実質的な『三十代』の再録、そして「基地音」以降の典型的な社会性俳句の三部構成となっていることを改めて再確認できた。特に孔版印刷の句集『三十代』は、その表紙絵まで再現され、まさに戦後の匂いをぷんぷんとさせてくれる。すでに遠くなった戦後と出合うのである。

そしてその『古沢太穂句集』に載る太穂の代表句は何と言っても「白蓮」の句だ。

白蓮白シャツ彼我ひるがえり内灘へ

おそらくこれほど、明るい風景の中で革命のオポチュニズムの響きを高らかに歌い上げた社会性俳句は少ないであろう。太穂のこの句に、取り合わせの鋳型だという批判をどこかで見たが、俳句自体が定型の鋳型に嵌められているのだから、そんなことでは批判にはならない。多くの社会性俳句が苦々しくネガティブであったのに対し、全然違った生き生きとした色彩感覚があふれている。例えば、新興俳句・前衛俳句で好まれた白ではあっても、ここで詠まれているのは、健全で希望にあふれている、まぶしいばかりの白である。「白蓮・白シャツ」「彼我・ひるがえり」の頭韻は日本語の伝統を踏まえていきいきとしたリズムを生み出しており、血の気の失せた難解俳句と違う大衆性・民衆性を保証している。だから戦後の社会性俳句というものは、この一句を生んだことによって報われていると言わねばならないのだろう。

この句は、一九五三年（昭和二十八年）七月から八月までに内灘を訪れ、その後、大野林火の勧めで一九五五年（昭和三十年）の「俳句」十二月号に発表したものだ。注意すべきは、当時の社会性俳句作家が、あるテーマを追うのに急で、結局事件がある現場に俳句を作りに行くような詠法をとったのに対し、太穂は内灘闘争に参加しに行き、二年近く時間をかけて熟成して出来たのがこの作品であったということだ。世に旅吟の延長のような社会性俳句（沢木欣一の「能登塩田」、能村登四郎の「合掌部落」など）と、行動に根ざした社会性俳句があるとすれば、太穂のこの句は決して軽佻な社会性俳句ではなかったはずだ。

もっともその太穂も、後年になると「どうも年とともに僕の作り方は自分のこころの内へ戻ってくるような、底へ沈むような、そういう作り方が自分の作風になってきたような気がするわけです」と語っている。その意味での残念さはあるが、職場サークル俳句、新俳句人連盟を基盤とした活動は、ある種の壮快さがある。徳田球一ら共産党幹部の文化政策に対する批判など、独自の俳句の側からの主張があるからであろう。

特に今回、意外であったのは、療養中に始まった大野林火との交流や指導の記事を発見したことであった。太穂は句会指導を受けた林火を後年まで「先生」と呼んでいるのである。太穂との関係は、単に林火が「俳句」の編集長として社会性俳句を発掘したというだけではなかったように思う。その意味で、「社会性俳句の旗手としての評価が高いのですが、太穂俳句の本質は、深い抒情性にあります」という全集編集者のあとがきの言葉にも、抒情作家・林火と太穂を結びつけるという意味で納得できるものがあった。「白蓮」の句も抒情俳句である。行動的な革命家はロマンチストでもあるのだろう。

これは一つの評価に過ぎない。太穂をめぐっては批判も多いが、一つ極北の批評を掲げておきたい。言うはずのない人の批評であるから貴重である。一九五六年(昭和三十一年)五月「玉藻」で高浜虚子が行った古沢太穂評である。高柳重信や桂信子には一顧だにしなかった虚子であるが、古沢太穂には高い評価を下している。モダニズムではない分かりやすさを感得していたからではなかろうか。

子も手うつ冬夜北ぐにの魚とる歌　古沢太穂

「この人の句は写生ですね。その点で感じがいいですね。殊にこの句は状景がよく描かれていて面白いです。全面的に好感が持てます」

攝津幸彦と仁平勝とは、センチメンタルの共犯者だ。［H26・7］

このごろ気になってならないことがある。我々は、金子兜太や飯田龍太、森澄雄などの戦後派作家については多くの優れた作家論を持っている。しかし戦後生まれ作家たちについてはあまりこうした作家論を持っていないのだ。長谷川櫂、夏石番矢、小澤實、岸本尚毅など、よく知られた戦後生まれ作家は多くいるにもかかわらず、多少とも作家論が見られるのは、田中裕明と攝津幸彦ぐらいなのだ。しかも田中と攝津の二人は、すぐれた作家ではあるが四十代で亡くなったという俳人には珍しい事情があるために作家論が書かれているように思われるのだ。

こうした特殊な状況の中で、仁平勝が『露地裏の散歩者――俳人攝津幸彦』（邑書林、二〇一四年）を出したからますます、この二人の特殊性が浮かび上がるように感じられるのである。

攝津幸彦は一九四七年生まれ。関西学院大学に入学後、関学俳句会を創立、以後「あばんせ」「日時計」「黄金海岸」「豈」などの同人雑誌に次々に参加し、結社に所属することなく活動して、『鳥子』『与野情話』『陸陸集』『鹿鹿集』などの多くの句集を刊行した。一九九六年に四十九歳で亡くなる。没後『攝津幸彦全句集』『俳句幻景（攝津幸彦全文集）』『攝津幸彦選集』が刊行される。まさに戦後生まれ世代の顕著な傾向を代表する作家の一人なのである。

南浦和のダリヤを仮りのあはれとす
幾千代も散るは美し明日は三越
南国に死して御恩のみなみかぜ
国家よりワタクシ大事さくらんぼ
露地裏を夜汽車と思ふ金魚かな

攝津幸彦のような傾向を前衛というのだろうが、それは前衛と伝統という対立軸がはっきりしていた当時だからこそ、そういう名称がふさわしかったのかも知れない。むしろ今では、伝統と前衛をごちゃごちゃにかき混ぜて、前衛俳句の中で攝津はどういう特色があり、伝統俳句の一部と比較して何が共通しているかを考えてみたほうがよいかも知れない。こうした考察に向いている攝津論が、まさに仁平の『露地裏の散歩者』なのだ。三十年がかりで書かれた本書は、攝津の評価の変遷自身を内包しているからである。

『露地裏の散歩者』は七章からなり、句集論あり、いくつかの作品論あり多彩であるが、基本的には俳句の「読み」で成り立っている。攝津の俳句を理解することはすこぶる難しく、結局それが作家論の骨組みをつくり出すことになる。仁平には『加藤郁乎論』『虚子の読み方』（旧著名『虚子の近代』）という代表的作家論があるが、いずれも俳句の「読み」で論を成り立たせている。抽象的な本質論でないことが特色だが、その取り上げられたのが、攝津幸彦、加藤郁乎、高浜虚子と一筋縄ではいかない「読み」を要請する作家であることも特徴的だ。

最新の論である、書き下ろしの〈「非俳句的環境」の探検〉の章で、仁平は攝津の『与野情話』と加藤郁乎の『球体感覚』を比較する。攝津の『与野情話』が『球体感覚』の影響を強く受けていたというのである。しかし一方で、戦前の皇国史観を下敷きにしたような「皇国前衛歌」（前掲の「幾千代も」「南国に」の句がそれである）が高柳重信の『日本海軍』に少なからず影響を与えたことも述べている（〈「皇国前衛歌」のまぼろし〉の章）。伝統俳句の師弟関係と違って、これらの作家の間では年齢を超えて言葉の感染が起こっていたことを語っているのである。

不在この日光写真は消えやすし　（『与野情話』）

ヒバリ鳴くかの一回性を吹き流れ

天文や明日よりの妻を薬すかな

白鳥の白き不在の水かげろふ　（『球体感覚』）

冬木この一回性の森を成し

天文や大食の天の鷹を馴らし　（傍線は筑紫が施した）

なるほど、郁乎に感染した攝津の言語がよく見て取れるが、しかし一方で、こうした句だからこそ、郁乎とも異なる攝津の特徴もうかがわれるように思う。

私は、それはセンチメンタリズムではないかと思う。この言葉を安易に感傷主義と言ってしまうのは適切ではない。センチメント(sentiment)とは元々の意味、世の中のさまざまな事物に共感できる洗練された感受性を意味するから、文学論としては、論理的思考よりも、自由な感性を重視する傾向を持つ作家たちを指すことになる。重信や郁乎がどこかしら言志の文学であったのに対し、攝津はあくまで感受の作家であった。『露地裏の散歩者』に出てくる攝津は、まさしくこういう人物・作者として描かれている。

例えばしばらく後の節で出てくる攝津のキーワードを、仁平は「美しき」「不幸な」「やさしき」「ライト」であるという。

物干しに美しき知事垂れてをり
春の昼不幸なやかん丸見えに
泳ぐかなやさしき子供産むために
菊月夜君はライトを守りけり

これらの句のうち「ライト」が少し難解だが、仁平の解釈によれば、ライトとは草野球で一番下手な選手が守る守備位置、いわゆるおみそと同義であり、時には女の子に守らせることがあったという。解説を聞いた途端に、キーワード全てがたちまちにセンチメンタルになるだろう。

当時の伝統俳句の陣営の中にもセンチメンタルな作家は沢山いた。飯田龍太、草間時彦、若くは、田中裕明などもそうではなかったか。伝統と前衛の陣営を超えて、彼らは共通する資質を持っていたのである。

そして『露地裏の散歩者』の執筆者・仁平自身が、全くセンチメンタルな批評家であったのである。

星野高士が、戦後生まれ俳人の先頭に躍り出た。［H26・8］

『残響』（深夜叢書社、二〇一四年）は星野高士の第五句集である。「玉藻」創刊千号記念で、それまでの四冊の句集『破魔矢』『谷戸』『無尽蔵』『顔』を読んで星野高士論を執筆してみたのだが、この最新句集『残響』は間に合わず、それについて論じられず、つくづく惜しいことをしたと思ったのである。これは駄句が一句もない、まことに不思議な句集であった。どんな句集、誰の句集でも、全てが申し分ない句集というのはなかなかなく、むしろ優れていればいるほど傷も多くなるものだが、『残響』にはそれがない。この句集を使えば、もう少し星野の新生面を書けたのではないかと思い、残念だった。

　叡山の僧に獣に初時雨
　浅漬や日毎に変る山の色
　帯解の台詞の如き御挨拶

綿虫のよぎる墓標の読みづらく
天空にまで陽炎の先とどく
立春やちらほらと雪そして雨

その意味で、この句集により星野高士は、戦後生まれ俳人の頂点の一人となったのではないかと思う。夏石番矢や長谷川櫂、岸本尚毅、小澤實といった顔触れに今まではやや遅れて見えた星野（昭和二十七年生まれ）が、先頭集団に躍り出た感があるのである。もはや「ホトトギス」や「玉藻」の星野高士ではなく、言ってみれば飯田龍太が登場したときの雰囲気にさえ似ている。まあ、代表句集『春の道』などを上梓した頃に龍太は五十代であり最も脂が乗り切った時代と言えたが、今は高齢化が進む時代だから、星野にとって六十代はちょうどよい年齢と言えるであろう。

少し面白いことに気づいた。今回の句集では、「ある・なし」に作者の関心が高まっていることである。単に花鳥を詠んでいるのではなく、花鳥が存在していること・存在していないこと、つまり形而上学的世界も匂わせる句が交じっているのである。高士の年齢の深まりを示すよい例であろう。

春雷に浮かぶでもなく街の底
かまくらや星の数だけ子は居らず

魂は色を持たざり紅椿

春泥の深きにありし広さかな

蟬鳴いて森と林に境なく

下萌は立子の墓にのみありし

こうした句を作ることのできる星野高士が、今まで何の賞も取っていないと聞いて驚く人もいるであろう。虚子のひ孫でありながら、いろいろな協会の関係で微妙な立場におり、ほとんど賞らしい賞は取っていなかったのである。多くの賞の選考委員になっている星野高士にとっては何とも皮肉なことである。無冠の帝王、と言ってもよいかもしれない。しかしそれが幸いして、縁故の左右する妙な賞など受賞していないことが無冠をすがすがしくしている。

星野高士の特徴は、一句の中に多文節が含まれることにある、昭和初期の近代的な俳句が登場したときに、秋櫻子や誓子、そのエピゴーネンたちに特徴的であった表現法である。星野高士は、虚子や立子の系譜を継いでいるにもかかわらず、「ホトトギス」流のゆったりとした詠法と異なる、極めてきめ細かい描写を可能とする文体を手に入れたのだ。多文節でなくても、そこに使われている副詞や助詞、接頭語が実に見事に調和している。

独活食うて知り合ひもなき奥丹波

山の端を際立たせゐる初嵐

世の塵を光りに変へて聖樹立つ
雲雀野に置き忘れたる言葉あり
薄氷のやゝ動き初む音響く

また、誰しも「ホトトギス」「玉藻」といえば写生の本道をゆくと思いがちであるが、もちろん写生をゆるがせにはしていないものの心象的な俳句が多い。緻密な表現が備わることにより、そこはかとない心象が伝わるのである。その意味でも、龍太に代表される昭和四十年代の伝統俳句心象派に似ていなくもない。

凍蝶にしばし奪はる心かな
儚さはときに華やぎ遠花火
蝶ひとつ呑まれゆきたる青嵐
鳥影は大いなるもの青簾
初蝶に昨日の風の傷はなし
考へる心を乗せて浮巣あり

余談になるが、星野高士が戦後生まれ世代のリーダーとなるのに欠かせない素質があることを言っておきたい。それは、後継世代に対する心がけが他の俳人たちと違うことだ。常に後継世代の登場は必要であり、特に高齢化が進んでいる俳句というジャンルにとっては切実な問題である。しかし少し、思い違いがあるような気がしている。それは、指導者は立派な作家である必要がある、から転じて、立派な作家であることが指導者たる全ての要件であるように思われていることだ。立派な作家だから若い作家が集まるのではない。教育と同じく、人を育てる使命感を持っているから若い優秀な作家が集まるのだ。その意味で、星野は献身的であり、若い作家を育てるために東奔西走している。若い人たちの句会をしているが、はじめは集まりが悪く星野一人、生徒が一人という句会もなかったわけではないらしい。それをあきらめず、根気よく指導してきたのは、作者としての能力を超えた指導者の資質だと思う。

こんなことを言うのも、千号を超える雑誌が今まで幾つかあったが、必ずしもその間の発展が順調であったとは言えないからである。人の集まりである以上、俳人であろうと社会心理や政治の影響により離合集散、分裂脱退がないわけではない。そんな中で「玉藻」という雑誌は不思議なほど順調であった。その意味で、やはり龍太という後継を得た「雲母」によく似ていると思われる。「雲母」は残念ながら龍太の意志で解散したが、「玉藻」は星野高士新主宰を得て、まだまだ発展しそうだ。

宮崎大地句集の発見に、驚く。

［H26・10］

最新の「歯車」三五八号に、宮崎大地句集『木の子』が掲載されたのを見て驚いた。宮崎大地といえば第一回「五十句競作」にかかわる伝説の俳人ではないか。たとえば、当時をよく知る大屋達治はこんなことを語っている（「若葉のころ——五十句競作誕生前後——」／「豈」No.8・一九八四年春）。

「（初めて会った高柳重信から）『五十句競作を考えているから、それに応募するように。句は又、持ってくれれば見てあげるから』という話を聞いた」

「かつての短歌研究では、中井英夫編集長が五十首の競詠をやり、第一回中条ふみ子、第二回寺山修司という才能を発掘した。それを俳句でやりたいのだ、と言った。昭和四十三年に氏が俳句研究の編集を引き受けてからちょうど五年。編集の努力で、俳句研究誌の部数、売れ行きも伸び、経営も小体ながら安定に向かって来つつあった。高屋窓秋、篠原鳳作などの新興俳句の復権も、ひとまず誌上では終えた。結社とタイアップした個人特集も徐々に軌道に乗ってきた。各結社からの推薦での二十代特集も行った。しかし、これと言った有望な才能にはめぐりあえなかった。この五十句競作で、そんな俳壇に一石を投じたい。競作によって出てきた若い無名の俳人の作品と、既成の俳人の作品を同一誌面に並べてみて、どちらが質がよいか俳壇に問いたい。そんなことを熱っぽく語った。しかし、こういう企画を行う場合、全く白紙で臨むのはリスクがある。特に第一回目は、そうだ。こう言う時は、あらかじめ何人かの候補を選んでおくのが編集者として当然のことである。そういう意味で君に白羽の矢を立てたのだ、と付け加えた。その候補者は、僕(大屋達治)のほかに、宮崎大地、郡山淳一の二名がいた」

宮崎大地は、一九六八年(昭和四十三年)、高校二年生の時に鈴木石夫の「歯車」に作品を発表し、以後大いに期待を受けていた新鋭だ。特に「歯車」一一〇号では百十五句、一一一号では二百十七句、一一三号では百三句の特別作品を発表するという破格の扱いを受け、鈴木から強く推されていた新人だったのである。高柳も重々承知して、五十句競作に誘ったものだ。

「高柳氏のもとへ自分の作品を見せに、二度三度うかがったころであったろうか、氏はぽつんと、宮崎大地に五十句競作への応募をすすめたが、高柳重信の選を受けるのは嫌だ、選句は暴力だ、と言ってきたよ、と言って苦笑した。なにも選をするつもりはない、ただ、生のままの五十句を出すと、若い人は自分自身の句を読む力(選句眼)がまだついていないことが多いから、月並みな句でもふと五十句の中に入れてしまう。すると、とたんに俳壇というところは悪意をもって非難の大合唱をするところだ。それを避けたいからあらかじめ句を見ておきたいので、別に選句をするとか、添削しようかということではないのに、と高柳氏はつけ加えた」

こうして宮崎大地に代わり、郡山淳一が一九七三年(昭和四十八年)に第一回五十句競作に入選する(大屋は、郡山の「所属誌なし」ということが、古色蒼然たる結社「夏草」に属していた大屋にくらべ魅力的だったのだろうと述べている)。そして、宮崎大地は一九七三年に「歯車」を退会し、以後、俳句の世界から離れてしまうのである。第一回五十句競作に入選した郡山も一九七六年(昭和五十一年)以後、沈黙したという。佳作第一席に入賞した大屋はその後、有馬朗人の「天為」に参加する。それぞれの歴史を持った三人であったのである。

こんな伝説を負った宮崎大地が、句集を残していたというのだから衝撃だ。句集名は『木の子』、限定一部刊で、前田弘に送られたもので、最近、前田の抽斗から見つかったのだという。万年筆書きの便箋二十枚の原稿で、発行日付は、一九七三年三月十八日、著者・編集・発行は全て宮崎大地であり、発行所は大地書房となっている。「我が句集木の子一冊づつ讀みをり」を序句として、一章三十三句の十章からなり、文末には、「(前田弘の)『掌の風景』を讀んでゐるうちに、私も句集が欲しくなりました。といつて、實際に出版する金などあらうはずもなく――このやうなものが出来あがつた次第です。もちろん、冗談半分です。『ご笑覧』をといひたひところですが、書く方は一日がかりで一生懸命書いたのですから、少しは本氣で讀んでいただけることを願つて、前田弘氏に世界に一冊(?)しかない貴重な句集を謹呈いたします」というあとがきがついている。

我が行方蝶のゆくへに相似たり
ゆきずりの蛇が風生む青い旅
かのトンボ腹かつ切つて死にしかな
眠さうに蛇が死にゆく風の中
ちらちらと右目に残る雪をんな
蝶と薔薇命をかけてすれちがふ
花の日に言葉遊べる亡者かな
千の手に千の蝶蝶淫すなり
にんげんの百人蝶に疲れけり

八方におのれ白しと蝶狂ふ
病んできらきら死んできらきら馬鹿な蛇
山の畫きのこ顔出すむほんなり
枯草のきつ先我を殺すかな
いつぴきの蝶あらはれて眠くなる
満月の森いつぱいに気が狂ふ
椿落つ美界魔界の血のねむさ
かの日冬きつねたんぽぽ泣きぬれて

高柳重信の選を拒絶した宮崎の自選句集ということであれば大きな関心が湧く。気になるのは、私が辛うじて知る宮崎の句はこの句集には見当たらないことだ。高柳の選、宮崎の自選、そして世間が伝説として残した作品と、少しずつ異なっている。選とはなかなか厄介なものだ。そしてまた、角川俳句賞の世界とも、現在の『新撰21』とも違う新人環境が存在していたことが興味深い。

【参考】『宮崎大地全句集』(鬣の会、二〇二一年)が刊行された。

兜太と汀子が、自分を語る。

［H26・11］

稲畑汀子と金子兜太は、伝統俳句と前衛俳句の対決の画像として至るところで現れている。しかし、作品の比較をすることはできても、生きざまの比較はなかなか難しい。ところが今年(二〇一四年)となって、二人がそれぞれ思う存分、信念を語る本が出た。読み比べてみると実に面白いのである。

●稲畑汀子『花鳥諷詠、そして未来』(NHK出版、二〇一四年)

「ホトトギス」の主宰を譲り名誉主宰に就任しての記念の論集といってしまえばそれまでだが、虚子から受け継いだ「花鳥諷詠」を稲畑がどのように受け継ぎ、変質させ、展開させたかを示そうとしている報告書だと考えるのが適切かも知れない。

この本は大きく三つに分けられ、第一章は花鳥諷詠論の汀子による発展、第二章は花鳥諷詠を踏まえた虚子の指導理論の解説、第三章は「ホトトギス」の俳人たちの紹介である。

若い人たちに花鳥諷詠論を紹介するのに、基本的には宗教論であるというのが最も分かりやすいと思う。自然と対峙するキリスト教的な文学に対し、花鳥諷詠論は東洋的な受容の文学である。汀子は言う。「世界はあくまで一つであります。植物も動物も人間と同じ『生き物』として一つの世界を構成する」「東洋では共生の思想を生み出しました」「東洋では自然と親しみ、調和して生きるために自然と対話し共感する能力を育みました」「東洋では循環の思想を産みだしています。特に日本では毎年巡り来る春夏秋冬、しかしその季節も年々同じものは一つもないという事実は、日本人の季節感を繊細に磨き上げるとともに移ろう季節こそが日本人の無常観を育ててきたのだと思います」――これらは汀子独特のものではないが、宗教だと考えることによって納得させられる言葉だ。

したがって、虚子の指導理論にあって、季題、平明、存問、極楽の文学について述べていることはこの基本原理とよく合致する。例えば存問について、諷詠→自らへの存問→自然との存問→超自然との存問→極楽の文学、と畳みかけてゆく論法は、花鳥諷詠の本質をよく表している。虚子の俳論を読んでもこれだけ合理的に解説している記述はなかったように思う。その意味で、聖書からキリスト教神学が生まれたように、虚子の花鳥諷詠から汀子の花鳥諷詠論が生まれてゆく過程を如実に見ることができる。

もちろん、宗教であるとすれば、民族や教育によって反発する人もいることが当然である。当人たちにとっては真理であっても、人類全体の真理というわけにはいかない。その最も代表的な例が「写生」である。汀子が説く虚子の写生の他に、同時代の子規の写生、斎藤茂吉の写生、土屋文明の写生など微妙に違うものが様々にあって、虚子の専売特許とは言えなかったのである。

最後に、第三章で出てくる「ホトトギス」の俳人たちの大半がこうした宗教で語られる中で、一部、飯田蛇笏、山口誓子、中村草田男など、違和感がわく作家も交じってくる。それは読者が読み比べてみるのが面白いと思う。

●金子兜太『語る兜太――わが俳句人生――』（岩波書店、二〇一四年）

汀子の本に対し、この本は兜太の俳句人生の聞き語りである。その人生は汀子のように整然としたものではなく、唖然とするくらい前半と後半で生き方も主張も違うところをけろりと示している。有り体に言って、若いときの兜太の主張に理論的に共感する人と、年取ってからの兜太の主張に共感する人とに分かれるだろうと思う。しかし一方で、滅茶苦茶に思われる兜太の生き方そのものに共感する人もいるだろう。典型的な例が「造型俳句論」で、あれほど映像だ、映像だと主張していながら、いつの間にか「そんなきつく考えなくても、存在、つまりふわっと立っている人間の『ありてい』を書くぐらいの気持ちでいいんだ」と言われると、一体、戦後の前衛運動は何だったのか、責任を取ってくれという思いがする人もいるだろう。「兜太変節」とか「後がえり」と言われながら、当人に「誉め言葉より非難の言葉の方がありがたいってことを本当に、近ごろしみじみ思うねえ」と言われてしまっては、何をかいわんやだ。この本はそうした、無茶苦茶で、しかし活気のあった戦後という時代を感じることのできる本であるとともに、そうした時代を感じさせる工夫を随所に凝らしている。語り口は読みやすい上に、今まであまり公になっていなかったインタビューや座談会がたっぷり使われている。また「忘れえぬ人々」と題した周辺の人々の略歴が、兜太の簡潔なエピソードによって語られ随所に挿入されており、一気呵成に読み通すことができるのである。

何か悪口を言っているように見えるかも知れないが、随所に光る発言がある。子規の「写生」から兜太の「映像」の転換は、造型論以後の立論だと思うが、今日ますます子規から兜太への近代俳句・現代俳句の位相を明らかにするキーポイントだと思う。また、例えば、種田山頭火の評価の微妙な読み解きは兜太がこんな繊細な考察をするのかと意外に思えるに違いない。

この本を読み終わって、再び汀子の本を読むと、戦後の俳句が実に面白かったというのが実感としてわくだろう。

仲の悪い二人として語られる二人だが、前述の本で、汀子は、「反花鳥諷詠論は、昭和十年代の人間探究派、その洗礼を受けた社会性俳句陣営などから発せられたものである」と的確に捉えつつ、「自我や社会を詠う俳句と東洋思想に根ざした花鳥諷詠の俳句が互いに他を非難しあっても意味はないと私は思っています」と述べている。「ホトトギス」と「海程」、伝統俳句と前衛俳句が融和する日は近いかも知れない。

震災俳句を五十嵐進は、どう読むか。　［H27・3］

日本という国は、一年後、三年後、五年後、十年後という区切りで反省する国である。そして切りのいい時期でイベントをすると禊ぎをした気分となり、その間意識から反省を追い払ってしまうようだ。その意味で、東日本大震災から四年目の二〇一五年（平成二十七年）三月に、各ジャーナリズムがどのような特集を組むのか関心がある。思うに、あまり特集はないのではなかろうか。しかし反省すべき事態はこんな切りのいい年数とは別に常に発生している。

福島県に住み農業を営む五十嵐進の句文集『雪を耕す――フクシマを生きる』（影書房、二〇一四年）が出た。構成は五章であるが、およそ三つの内容に分かれる。

（1）震災に対する国や文学者に対する批判

「一、農に入る年」「三、フクシマを生きる」の章であり、放射能によって汚染された地で農業を営む者からの厳しい糾弾の文章である。

（2）震災俳句批判

震災俳句批判を行っているのが、「四、極私的関心事としての震災後俳句」の章である。おそらくこの俳壇時評で取り上げる価値が最も高いのはこの章である。長谷川櫂『震災句集』『震災歌集』、高野ムツオ『萬の翅』、角川春樹『白い戦場』その他の作品批判である。句集以外に、何人かの発表作品が取り上げられ批判されている。論者の私の作品に対する批判もある。

（3）五十嵐の震災俳句

「二、雪を耕す30句　三・一一以後（Ⅰ）」「五、空を脱ぐ45句　三・一一以後（Ⅱ）」の二章からなる。震災直後に著者は句集『いいげるせいた』を刊行しているから、それと重複する作品もある。

雑誌掲載作品、句集収録作品と形式は違え、著者の姿勢が一貫しているのは間違いない。大震災というよりは福島の原発事故という人災を捉えて、国や政府、電力会社を批判するが、その根本にあるのは「現場にはだしで立った者にしか告発は許されない」という考え方である。現場にある者として厳しい批判をするのだ。だから、（2）震災俳句批判に掲げた作者たちは全て批判されるのである。一部を紹介しよう。

長谷川櫂『震災句集』については多くの句を掲げながらコメントする。以下句を挙げてみよう。

大津波死ぬも生くるも朧かな（筆者はどこにいるのか？）
水漬く屍草生す屍春山河（大時代的？　いつのこと？）
放射能などに負けるな初茄子（励ましているつもり？）
日本の三月にあり原発忌（もう新しい忌日誕生ですか？）

高野ムツオについては、句集よりは、歌人佐藤通雅との対談で佐藤が「季語が陵辱された」という認識を示すのに対して、「陵辱されたは少しきつい感じですね」「これから新しい季語がまた生まれる」と答える高野に厳しい批判を浴びせる。こうした朧化し、無反省な発言では済まされないというのだ。

角川春樹『白い戦場』については、いずれの句も対象に入りすぎない詠みぶりで「描いている」俳句の良さがある、と言いながらやはりどこか他人事だという。特に春樹が「フクシマ忌」と命名したことに、一番乗りで「事故」に名前を付けてくれた、「春の季語」にしようと言うのか、早々に新しい季語作りである、放射線の影響下に生きていくしかない数多くの県民へのまるで戒名のようだ、と批判する。

句集ではない作品を挙げれば、稲畑汀子の「春の地震旅の予定のとりやめに」を取り上げ、季語にとらわれる俳句的想像力というものの非人情にうすら寒いものを感じる、作ったとしても発表することに何の逡巡もなかったのか、と批判する。

震災俳句を詠む以上、このような批判が浴びせられることは覚悟しなければならない。にもかかわらず、五十嵐が別のところで言うように震災俳句は詠まれるべきであろう。「現場にはだしで立った者」から痛烈な批判を浴びせられるということを承知した上で、何もしない作家たちに比べれば不十分ながら務めを果たしたことになる。不十分でもすることが大切だとは、五十嵐の言葉、「忘恩であっても声をあげることは大事なことだと思う。歴史に残る名作でなくてもいいではないか」は、長谷川、高野、角川を批判しっぱなしではないような気がするのである。

もちろん、長谷川、高野、角川にすれば、五十嵐に対する反論もあろう。震災俳句である以上、やはりプロパガンダではなく、「俳句」でなければならないという主張も否定はできない。ただこの応酬は、五十嵐対震災俳句を詠んだ作家群という対立ではなくて、長谷川、高野、角川らとの個々の対立であるべきだ。個々の作家として扱われることによって、震災に対する独自の思想が吟味されるはずだからだ。

社会性俳句論争というものが昭和二十年代から三十年代にかけて行われた。その論争が結局、文学としての成果に結実はしなかったように思える。今回、そうした同じ道を踏んではならないだろう。そのためには、個の社会化が必要なように思う。決して個が連帯して社会化するのではない。

最後にこの本から、五十嵐の震災俳句を掲げておく。これも五十嵐から批判を受けそうだが、長谷川、高野、角川とも共通する、震災俳句は「俳句」でなければならないという選の基準が働いているかもしれない。

悼花火おおおお涙に声の追いつかず
あ、あれは白い十字架小さき掌
水圧の胸苦しさよ春日本
雪解けの見えざる敵や光る鴨
黄花咲き蝶が飛び影がない
電話からの声が光となる時刻

従軍俳句と軍事郵便で、民衆が手にしたものは。［H27・8］

今年（二〇一五年）は終戦七十年を迎え、また、国会で安全保障法案の審議が行われていることもあり、戦後七十年に関心が集まっている。私の関係する雑誌で、戦前の従軍俳句について紹介したところ、思わぬ関心を呼んだ。執筆者としては予想外の反響であった。

紹介した例でいえば、戦前の俳句総合誌「俳句研究」（改造社）では、何度かの戦争俳句特集を行っている。その中から、反戦俳句でも、大政翼賛俳句でも、銃後俳句でもない、本当の従軍俳句を紹介してみよう。

〈支那事変三千句〉昭和十三年（一九三八年）十一月

敵の屍まだ痙攣す霧濃かり　茂茅
脚の骨くだけし馬が水を乞へり　桂香
夏草や逃げ隠れしを捕虜にする　竹魚

戦死者も焼け下萌も焼かれけり　松寿
執念くも屍の顔に来る虻か　純火
民萎えて親子かたまり兵見つむ　吉彦
夏草に斃るる敵を見つつ撃てり　七兎
家失くて人生きてゐる夏野かな　三石
木蔭縛られて来し男二人若く　順作
梅雨暗くコレラの注射捕虜もする　稲々子
日烈々中国人が飢の眼を向けし　行々子
燕にふるき新聞うばひよむ　貝人
〈支那事変新三千句〉昭和十四年(一九三九年)四月
炎天や死体かかへてすはりゐる　純火
人間の骨の白さのすずしかり　柿太
寒き灯に傷つく俘虜はだまりゐる　清打
手袋はかなし失ひたる指ありぬ　多行
芒の穂がつきと握り殪れゐる　まこと
〈続大東亜戦争俳句集〉昭和十八年(一九四三年)十月

手榴弾握りし敵屍稲を染む　汀月
人馬ただ炎熱に堪へ飢云はず　禾風

こうした従軍俳句への関心は以前からあった。阿部誠文『ある俳句戦記』など、そうした従軍俳句を紹介している俳句史でも初期の記録だ。この本に収められた単行本選集から選んでみよう。

『聖戦俳句集』山茶花編、昭和十四年（一九三九年）四月

娘らは避難に雛は掠奪に　羽村
たたかひは蠅と屍をのこしすすむ　朔夏
土匪を追ふおこりに銃の定まらず　景窓

『聖戦俳句集』胡桃社編、昭和十四年（一九三九年）四月

馬肉人肉あさる犬らよ枇杷の花　藤花
箱の骨ごとりと音す枯野ゆき　虳志芽
家焚いて酷寒の暖とりにけり　一仙

『聖戦と俳句』秋桜子編、昭和十五年（一九四〇年）三月

合歓のかげ銃うちまくり裸なる　美人蕉
敵機燃ゆ大き夕焼の中に燃ゆ　葉秋

『南十字星文芸集』陣中新聞南十字星編、昭和十七年(一九四二年)六月

敗敵の焦土戦術きび燃ゆる　森岡曹長

椰子の根に倒れて最早屍なり　ちかし

いわゆる日中戦争(昭和十二年—)以後、中国や東アジアに派遣された兵士たちは、戦場での無聊を慰めるために多くの俳句を作っている。それらは、軍事郵便により国内の俳句結社誌に投稿された。それらの作品が、「俳句研究」の編集長(山本健吉)や聖戦俳句集の選者によって編集されたものだ。

もちろん、戦場にあっても花鳥諷詠俳句もあるが、生々しい戦場の風景——俳句史上初めてのリアリズム俳句が登場している。その意味では戦場の真実の風景がここにある。観念的な反戦、戦争弁護以前にこれらを見ておきたい。戦争の本質はここにあるからである。

兵士たちの心理をうかがうために、従軍俳句が送られた軍事郵便を見ておこう(新井勝紘「『軍事郵便文化』の形成とその歴史力」郵政資料館研究紀要、二〇一一年三月)。一見、俳句と関係なさそうだが、必ずしもそうではない。

軍事郵便とは、戦地の軍人・軍属が野戦郵便局から出す郵便物である。この制度ができたのは日清戦争中であった。無料であるが、居所や部隊は秘匿され検閲を受けた。例えば『きけわだつみのこえ』の学徒の手紙はそのごく一部である。しかし、軍事郵便はそれだけではない。

驚くべきは、その総数である。日露戦争では、発信、受信それぞれ二億通、日中・太平洋戦争中は数字が把握されていないが、日露から想像しても数億通に上るだろう。

ただ戦争末期には、輸送ルートが途絶え到着しなかった手紙もある。硫黄島に関しては、こうした未達の手紙をテーマに『硫黄島からの手紙』(二〇〇六年)が映画化された。またこれと逆に、宇多喜代子の『ひとたばの手紙から』(角川ソフィア文庫、二〇〇六年)では硫黄島で亡くなった兵士が最後まで肌身離さず持っていた妻子からの手紙が回収され、それを遠い椎葉村に届ける顚末が書かれている。

実家に配達された手紙は兵士の生存証明として大事に保管されてきた。一方、内地からの手紙は硫黄島の兵士のように死の間際まで肌身離さず持たれていた。このように兵士の手紙は大切に保管されてきた。何と言うことない家の蔵から今も数百通の手紙が発見されている。しかし、それも七十年たち、今や家族の離散からこれらは廃棄されようとしている。

正直な話、今まで親や妻に一通の手紙も書いたことのない平凡な農民・労働者出身の兵士たちが従軍期間中、数百通の手紙を書くという稀有の体験をしているのである。戦争時の研究をしている研究者が学生たちに、親に手紙を書いた経験を問うたところ回答はゼロであったそうだ。しかし、それは私自身も、また今これを読む読者のほとんどもそうであるはずだ。軍事郵便によって初めて親に手紙を書く経験をしたのだ。戦争がなかりせば彼らは手紙を書く機会が生涯なかったに違いない。論文執筆者の新井勝紘は、そこに新しい「文化」が生まれたと言っている。

そしてこの「軍事郵便」と「従軍俳句」はよく似た本質を持っているように思われる。もちろん、従軍俳句の作者は句作の経験者ではあるが、それでも戦争がなかりせば詠まれなかった俳句なのである。それは後の時代の俳句に何らかの痕跡・文化を残さずにはおかなかったはずである。

なお、掲載した作品は、戦争に関わる俳句ということで作者にさまざまな思いもあると思われる。したがってフルネームは表記せず俳号だけで示した。

新しい兜太を、岡崎万寿が浮かび上がらせる。

［H27・10］

この八月(二〇一五年)、巷にはこんなビラがあふれていた、「アベ政治を許さない」。俳人・金子兜太の字だ。奇異な感じを持たれたかもしれないが、兜太は、戦後復員して後、社会性俳句の中心としてメッセージを発し続けていた作家だ。決して意外な人物のビラではない。ただ、七十年後の今それを見ることが不思議なのだ。

戦争の時代の二十世紀に我々は、二十一世紀とは平和と希望の世紀であると思っていた。いつの時代も新しい世紀はそうした希望にあふれている。しかし今となってみるとどうも目論見が違ったように思える。二十一世紀とは、やはり騒然の時代であった。思い返せば、二十一世紀はテロで始まった。そして日本にあっては、地震、噴火と戦争の予感の時代であった。これこそ、金子兜太が再登場するにはピッタリの時代であったのである。

岡崎万寿の『転換の時代の俳句力――金子兜太の存在』(文學の森、二〇一五年)は、こうした時代にうってつけの本であった。兜太には、すでに、牧ひでを、安西篤など兜太と寄り添った人たちが書いた名評伝があり、我々は、事実も伝説も全て知っているように思っている。しかし、上述のように進展し続ける兜太には、常に現在からフラッシュバックした評伝が必要なのだ。岡崎の本はまさに最新の事実から兜太を浮かび上がらせる。

一言でいえば、この本は、（1）震災俳句、（2）戦争俳句の両岸から橋をかけ、そこに（3）リアリズムという虹を浮かび上がらせている本である、と言えようか。

第一部の震災俳句にあっては、定点分析として、「その年」「一年目」「二年目」「三年目」と軌跡を追っている。

第二部の戦争俳句にあっては、長谷川素逝・三橋敏雄・渡辺白泉、富澤赤黄男・鈴木六林男、金子兜太の三つのパターンをあぶり出す。

第三部の両者をつなぐリアリズムにあっては、新興俳句、人間探究派、プロレタリア俳句、戦争俳句、戦後俳句、根源俳句、社会性俳句、兜太の造型俳句という見事な系譜がたどれるのである。

この文脈からいえば、社会性俳句が重要なキーワードをなすことは読者も納得されることと思う。花鳥諷詠や客観写生、抒情性などを肯定する立場に立っても、俳句がある時期、戦争や震災など社会的事象に関心を持たないではいられなかったことは事実である。問題はそれが表現として俳句史にどう定着されたかということである。

社会性俳句の評価をめぐって岡崎は冒頭で一つの批判を展開している。赤城さかえと川名大を批判している。既に亡い赤城の批判は論争たり得ないが、川名は今もって現役の評論家であるからその批判は論争たり得ることになる。ここでは川名批判を取り上げてみよう。

川名は、戦後の定評ある次の三句を「予定調和の発想、予定作為(イデオロギー)を前提とするまやかしが潜んでいる」「この句の読みと評価の書きかえを求める」の否定的な評価を近年しばしば行っているという。

戦後の空へ青蔦死木の丈に充つ　原子公平
白蓮白シャツ彼我ひるがえり内灘へ　古沢太穂
原爆許すまじ蟹かつかつと瓦礫あゆむ　金子兜太

岡崎はこのような川名の説を「予定調和説」と呼ぶ。作品評価に当たり、まず最初に「左翼イデオロギー」「固定観念」の特定イデオロギー(理念)が、句作の「前提」「先入主」として「存在」するところから始まる。そして、そのイデオロギー的「前提」を柱にして、フレーズを「なぞり」「当てはめ」「肉付けするコード」として、五七五の言葉が表現される。そこでは作者の胸を打つ感覚、感動も、新鮮な発見もモチーフも、単なるイデオロギーのための「符丁」となり「作為」や「仕掛けた表現意図」に「奉仕する」ものとなる。これが川名の言う

「社会性俳句の最大の負性」である。こうした川名に対し、作品を「惨めに歪曲」し、「恣意とも言える」「疑問だらけの主張」と岡崎は厳しい。

確かに、このような頭のくらくらするような古い批評用語に噴飯する岡崎の気持ちには共感するものがある。昔ならともかく、イデオロギーから俳句が生まれると思っている作家はほとんどいないだろう。また、当時そうした動機をもって俳句を詠んだ作家がいたとしても、現在の評価がそれで決定されるわけではないはずだ。イデオロギーに基づいた、しかし立派な作品があってもおかしくはない。

この一端からうかがわれるように、岡崎はかなり柔軟な評価軸を持っている。特に、第一部の震災俳句は、「定点分析」を掲げることにより東日本大震災の風化を防ごうとするユニークなものである。恐らく、東日本大震災に完全復旧はない、永遠に日本人はそれを追跡する義務がある、そう言いたいのであろう。震災俳句を論じる人たちがあまり試みなかった企画だが、岡崎は今後それを継続していくのだろう。

その意味では私は多少の不満がある。客観的な定点分析である以上、毀誉褒貶があっても、長谷川櫂の『震災歌集』『震災句集』、角川春樹の『白い戦場』などは取り上げてほしかった。震災俳句にはあらゆる価値観が動員されていたと思えるからだ。

【参考】川名の批評の致命的な問題を、岡崎は挙げている。一九九七年(平成九年)の佐藤鬼房・原子公平・阿部完市と行った座談会「戦後五十年を振り返る」(「現代俳句」七月号)で、川名は、掲出の原子の「青蔦死木」の句を優れた社会性俳句として激賞しているのだそうである。岡崎は、これは川名の俳句評論家としての在り方に関わってくると、シニカルに批判している。

坪内稔典は、理論と実践を一致させる。

［H28・3］

坪内稔典『ヤツとオレ』（角川書店、二〇一五年）。

笹の葉のさらさらさら蠍座の音か

青々と行ってまた来る野の蛇よ

熊楠はすてきにくどい雲は秋

柿はみな尻から太る伊賀上野

手袋の黒を新調雪になる

青空のついた嘘かも野葡萄は

希望とはたとえば秋の切り通し

ころがってげんげ畑の０番地

青空に雲ひとつなし余り苗

兄弟は二人の他人青蜜柑

坪内稔典は一九四四年（昭和十九年）四月、愛媛県に生まれた。戦後生まれからは少しずれるが、ほぼ戦後世代といってよいであろう。立命館大学在学中に、澤好摩らと全国学生俳句連盟を結成、同人誌「日時計」（発行人・坪内稔典）、「黄金海岸」（発行人・大本義幸）に所属した後、「現代俳句」を創刊する。一時、伊丹三樹彦の「青玄」にも所属していた。その後、一九八五年（昭和六十年）に「船団」を創刊し、現在に至る。

「現代俳句」はユニークな雑誌である。結社誌であれ同人誌であれ、組織化をまぬがれなかったのに対し、同世代作家たちの作品発表の場としてのみ機能した。むしろ総合誌に近いだろう。現在、多くのブログが俳句の媒体として出現しているが、機能的にはその先蹤として見てもよいかも知れない。「現代俳句」を経由して攝津幸彦、澤好摩、仁平勝など多くの戦後世代が開花した。

戦後俳句に限ってみると、坪内稔典は戦後、主体的にジャーナリズムと関わり合い、運動体として働きかけようとした数少ない作家だと思う。同世代、もしくはもう少し後の世代は、こうした主体性に乏しかったような気がする。結社や協会などの枠組みの中で、世代のエネルギーが吸収されてしまっているように見えるからである。

一方、評論家としては、「黄金海岸」時代から子規研究を始め、現代の子規研究の水準を一気に高めたことは忘れることができない功績だ。その後、多くの評論・論争の場に坪内は常に存在した。松岡潔の総覧的な『現代俳句評論史』で「現代の俳論」として記述されているのは、坪内と仁平の二人だけであることからもそれが納得されるのである。こうした坪内の評論は一九八〇年頃から、俳句の口承性・片言性に向けられるようになった。松岡の前掲書でも、仁平の俳句の固有性には共感的であるが、坪内の口承性・片言性には多分に疑問を呈している。それが多くの同世代作家の感想かもしれない。

しかし、私が思うに、伝統俳句が芭蕉や虚子を基準にしたまま俳句の転回を図ろうとしても限界があることは否めない。折口信夫が述べたように、これらの伝統俳句は「隠者の文学」であったからだ。戦後俳句がこれを克服することに目標があったとしたら、第二芸術論に従って「現代の俳句」を探求するか、短詩型の韻文性を探求するために日本語の根源に遡るしかない。その意味で、後者の道をたどった坪内の口承性・片言性には必然的な意味がある。

特に、坪内は同世代にまれなほど理論と実践を一致させた作家であった。だから今回の句集にも次のような作品があふれている。

カバのデカ死んで日本の油照り
カバを見て宇治金時へ来たばかり
文旦とカバは親戚ねんてんも

寝そべって一山となる冬の河馬

「三月の甘納豆のうふふふふ」「たんぽぽのぽぽのあたりが火事ですよ」を原点とするこうした作品をどう見るかである。「三月の」「たんぽぽの」の句にしても、名句というよりは戦略的な句というべきかもしれない。しかし名句が不易で、戦略句が流行かといえばそうでもない。信長・秀吉・家康を譬えた時鳥の句は普遍性を持っているのではないか。それを価値と見れば、坪内の理論も作品も、首尾一貫しているからである。

しかし私は、もう少し皮肉な見方もしている。理論と実践は相反する。理論通りに作られた作品が、作者の意図したように評価される作品となっているかといえば、そんな作品はほとんどない。作者を離れて出来てしまった俳句に人々は興じるのである。その意味で、本論の冒頭に掲げた作品は、口承性・片言性からいえば不十分であるにもかかわらず、坪内を代表する句となる可能性があるのである。こうした俳句を人は「賜る俳句」という。それでよいのではないか。賜るには、それを裏打ちする真摯な態度が必要だからである。

坪内は膨大な句集、評論集、研究書、エッセイ集を刊行し、すでに全著作数は百点を超えたという。南方熊楠には及ばないにしても、俳壇における知の巨人であることは間違いあるまい。ますます、人を驚かす理論を紡ぎ、かつ理論を裏切る作品を作ってもらってよいのではないか。

坪内が、『モーロク俳句ますます盛ん俳句百年の遊び』(岩波書店、二〇〇九年)を刊行し、俳句を第二芸術として否定した桑原武夫の名を冠した学芸賞を受賞したころから、坪内の役割が見えてきたように感じたのである。もちろんこんなことを坪内は肯んじないであろうが。

【参考】ここで寄り道をすれば、そうした常識を裏切るのが坪内であった。「三月の甘納豆のうふふふふ」は一月から十二月までのシリーズ俳句であったのだが、この中から「三月の」の句を自ら名句に作り上げていった。そして坪内からそう言われると名句に見えてくる。教科書でも自らこの名句であるゆえんを書いていたことがあった。つまり、名句は出来るばかりでなく、作ることもできる。伝説は他人が作るばかりでなく自分でも作れるのだ。こんなことは他の作品では見たこともない。

「船団」は二〇二〇年(令和二年)六月第一二五号で終刊(坪内の言葉によれば「散在」)した。その後、坪内は二〇二三年(令和五年)、主宰誌「窓」を創刊。

関悦史は、独自の活動をする。

［H28・7］

杉田桂句集を例に現代的な社会性(特に高齢化)について前に触れたことがあるので、それと対照的な「オルガン」という若い世代が最近、創刊した雑誌を見てみる。毎号、特集で座談会を行っており、第四号(二〇一六年二月)では「震災と俳句」というテーマを取り上げていた。詳細に取り上げるのは長編の座談会記事なので全体を紹介するのは難しいが、座談会に先立って、宮本佳世乃(編集人)が震災俳句に対する質問を出し、各自が回答を提示しているので、これを抜粋する。

○宮本佳世乃

「震災や時事を取り扱った俳句について、感想を求められたときに何も言えなくなってしまう。ある意味暴力的だと思う」

○福田若之

「たとえば
　双子なら同じ死顔桃の花　　照井　翠
「揺れたら関なの？」「じゃあ私も関」「じゃあ俺も」　御中虫
　瓦礫みな人間のもの犬ふぐり　高野ムツオ
といった句は僕には受け入れがたいものです。それはこれらの句が、震災と同様に、かけがえのないもののかけがえのなさを脅かすものであるように思われるからです」
○鴇田智哉
　読者として「俳句という形式は『震災俳句』に適していない」
　作者として「以前と以後とで、私は確実に変わった。言葉を発する私自身が変わったのであるから、発せられる言葉も当然変わるに違いない」「私は『震災を』詠むのではなく、震災を蒙った私が『何かを』詠むのである」
○生駒大祐
　どう思っているか「作者としても読者としても関心がない」
　どう関わっているか「避けようとしている」
○田島健一
「俳句は何かに『ついて』語ることをしない。俳句が何かを語るのではなく、俳句それ自体が語られるべき事態そのものである」「個々が向き合うのは、顕在化しない自分自身の『現実』である」

いわゆる「震災俳句」に批判的である。これは世代的な特徴であるかも知れない。座談会本文に触れないで言うのは早計であるが、全般的な特徴は「無関心」ないしは「反発」ということであろうか。それが個々によって、「受け入れがたい」「暴力的」という否定的評価と、震災を受けた個々の内面なら許容できるという限界評価などに分かれるようだ。いずれにしても、社会性俳句を詠み、現在も安保法案に反対する金子兜太とは対極的である。

このような議論を読むと「オルガン」と同世代の作家の関悦史に関心が向かざるを得ない。「オルガン」メンバーのひとり田島健一は「俳誌要覧二〇一六」の鼎談で「俳句の世界だと関悦史さんを中心にそういった機運が出てきてもいいんじゃないか」と述べているからだ。照井翠、御中虫、高野ムツオとは差別化して、同世代の関悦史の独自の活動には注目しているようだ。

ちなみに、関は第一句集『六十億本の回転する曲がつた棒』(邑書林、二〇一一年)で、

地下道を布団ひきずる男かな
祖母がベッドに這ひあがらんともがき深夜WTCビル崩壊
かの《至高》見てゐしときの虫の声

人類に空爆のある雑煮かな
激震中ラジオが「明日は暖か」と
セシウムもその辺にゐる花見かな

等を詠んでいる。昭和三十年代の社会性俳句を脱却した、現代の社会性を詠む。というより関の周辺の出来事として詠まざるを得ないのである。関はこれらの状況に「無関心」ではない。

こうした関の関心をたどると、例えば高山れおなとか、さらには攝津幸彦などの周辺環境があることに気づく。

げんぱつ　は　おとな　の　あそび　ぜんゑいも　高山れおな

国家よりワタクシ大事さくらんぼ　攝津幸彦

関も含めて、彼らは社会に関心がある。しかし決してそれらについて直接「語り」はしない。懐疑的であり、俳諧的である。というよりは、作者自身が解釈を語らず、多義的であるが故に何を言っているか分からない俳句なのである。毀誉褒貶は鑑賞者が勝手に行っているだけなのだ。社会的な関心にかかわる俳句以外にも、およそ彼らはことごとく既存の俳句に異を立てることを自らの俳句のレゾンデートルとしているようである。だから、こんな作品がある。

皿皿皿皿皿血皿皿皿皿　関　悦史

麿、変？　高山れおな

太古よりああ背後よりレエン・コオト

攝津幸彦

こうした無方法の方法の中では、社会性も何もあったものではない。ただ社会的な事件がこの無方法の中を通過していく。決して反戦・反原発・反前衛でもないし、震災対応に対する憤りでもない。鑑賞者が勝手に過剰な鑑賞を施すだけなのである。

ただ、これらを読む限り、関、高山、攝津らに「関心」はある。「オルガン」とはそうした点でやはり少し違うかも知れない。

私は雑誌の編集もしているので、その意味で「オルガン」の編集動機に関心が持たれる。書いてある記事以上に、その背景にある編集意図を推測するのである。たぶん無関心であればこのような特集はしない。関心がないと表明することはひとつの態度であり、むしろ積極的な関心である。強いていえば、この雑誌の関心は、ある種の反「震災俳句」・反社会性であると読むことができるかも知れない。

「オルガン」第五号の特集は「虚と実」だ。これはあまり議論を呼びそうにもない。文学なら虚構が当然であるからだ。

中山奈々を読みつつ、明治・昭和・平成の俳句を考える。［H28・9］

正岡子規が明治三十年（一八九七年）一月二日から三月十五日まで日本新聞に連載執筆した膨大な評論「明治二九年の俳句界」がある。明治二十九年（一八九六年）において活躍した「ホトトギス」の作家を挙げたものである。その大半のページを使って碧梧桐と虚子を称賛している。碧梧桐の「印象明瞭」、虚子の「時間的俳句」はほとんど二人の近代俳句における声価を定めた感がある。

赤い椿白い椿と落ちにけり　碧梧桐
盗んだる案山子の笠に雨急なり　虚子

もちろん、その他の作家も取り上げられている。鳴雪、露月、紅緑、霽月、漱石だが、わずかな分量だし碧梧桐・虚子のついでのように扱われている。翌年は「明治三〇年の俳句界」を執筆している。大したものではない。

大正に二十九年は存在しないから、ここでは飛ばさせてもらう。ただこれに代わり、子規の「明治二九年の俳句界」に倣って虚子は、「ホトトギス」で大正四年（一九一五年）四月から大正六年（一九一七年）八月まで「進むべき俳句の道」を連載している。当時の「ホトトギス」の代表作家、渡辺水巴、村上鬼城、飯田蛇笏、前田普羅、原石鼎ら三十二人を取り上げている。しかし、ここで取り上げられた作家たちは大半が虚子に造反していった。「進むべき俳句の道」によって造反する主観派を作ったことに反省して、二度とこうした品評はしないと言っていた虚子が、昭和初期に、結果的には「ホトトギス」の中に新しい4Sという集団を作り出してしまった。水原秋櫻子、山口誓子、高野素十、阿波野青畝である。どうやら子規の「明治二九年の俳句界」は、虚子に後々まで祟ったようだ。

角川書店の商業誌「俳句」が戦前の「俳句研究」と大きく異なるところは、次の世代の新人を計画的に発掘・養成しようとしたところである。新しい新人の特集を毎年続け、戦後派の新人を登場させていった。こうした特集の総集編として組まれた「戦後新人自選五十人集」（昭和三十一年〈一九五六年〉四月）は主要結社の新人を網羅し、五十句を掲載した戦後派世代の一大鳥瞰図となっている。戦後派俳人はここに網羅されることとなった。子規の「明治二九年の俳句界」に匹敵する金字塔と言うべきだ。

原爆許すまじ蟹かつかつと瓦礫あゆむ　　金子兜太

白蓮白シャツ彼我ひるがえり内灘へ　古沢太穂
春すでに高嶺未婚のつばくらめ　飯田龍太
除夜の妻白鳥のごと湯浴みをり　森　澄雄
切株があり愚直の斧があり　佐藤鬼房
かなしきかな性病院の煙出　鈴木六林男
身をそらす虹の／絶巓／処刑台　高柳重信

以上眺めたように、明治・昭和の二つの長い時代の俳句の世界を典型的に示す評論や選集があった。そして、これらの評論や選集は、今日、我々が近代俳句史・現代俳句史といっているものを先導している。これらの評論や選集が、二十九年とか三十年とかの、割合近い数字で現れたのは不思議な気がする。やはり時代の精神は二十年から三十年ぐらい時間を経過しないと見えてこないのかも知れない。こうした偶然を考え合わせると、我々はそろそろ近未来の俳句を予言してもよいのかも知れない。恐らく一、二年の間に果たさないといけないのだろう。どこかの商業誌でぜひ企画してもらいたいものである。

さて、明治二十九年、昭和三十年（一九五五年）の俳句界を眺めてみると、いずれも新人の登場と一致していることに気づく。とすれば、「平成二九年の俳句界」には当然、新人が登場してよいはずである。果たして、この表題で新人は登場するのであろうか。

こんなことを考えているうち「俳句文学館」(平成二十八年〈二〇一六年〉)七月号で中山奈々が、右の問題に関係しそうな「若手俳人の提言」という諧謔めいた記事を書いていた。諧謔めいた部分は除いても論旨ははっきりしている。中山は「若手が必要とされることは光栄である。しかしそう思われる方は、じっさいどれだけ若手を知っておられるだろう」と挑発的である。そして返す刀で、「期待される若手の皆さんに質問である。自分と同じ世代を除いた俳人を、どれだけ知っているだろうか」と言う。若手問題を論じていながら、若手も、若手を期待する側も、お互い無関心なのではないかという趣旨であろう。この問題の中核を最も的確に指摘している論だと思った。若手にも中山のような人がいることは心強い。

しかしあえて反論させてもらえば、若手が知っている俳人という問いの答えに間違いなく挙がってくる中村草田男や石田波郷は、一度でも若手として登場したことがあったのか疑問だ。若手以前に「中村草田男」や「石田波郷」として存在してしまっていたのではないか。若手を経て草田男や波郷となったわけではないように思う。中山は諧謔の中で、「中山奈々を入れ忘れた方は不勉強」と言うのだが、若手俳人・中山奈々などと言われているようでは、「平成二九年の俳句界」にはまだ登場できない。登場した瞬間に、若手俳人などという形容詞は消えて、「中山奈々」として独り立ちしてもらいたいものである。批判しているように見えるかも知れない。しかし、恐らく中山の後半の論旨とそれほど違うことはないと思う。

楠本憲吉も鈴木明も、面白い。

［H29・1］

私は、多くの句集を読んで批評している。しかし、時折、プロフェッショナルな立場を作りだしてしまっているのではないかと反省している。私の周囲にいる人たちもそうなのである。しかし、限られた人が作り、限られた作家である人と同質の人が読み、限られた作家が作っている作品を批評していることで、果たして文学としての俳句が進歩するのだろうか。

現在の俳句の制作、読み、批評の世界に一般読者は介在していない。一般読者が存在していないという趣旨は、第二芸術でも「『俳句のことは自身作句して見なければわからぬものである』という（水原秋桜子、『黄蜂』二号）。ところで私は、こういう言葉が俳壇でもっとも誠実と思われる人の口からもれざるを得ぬというところに、むしろ俳句の近代芸術としての命脈を見るものである。」と指摘されたことだ。第二芸術で指摘された、俳句が芸術であるかどうかは、ボブ・ディランがノーベル文学賞を受賞する時代にあってはあまり問題ではなくなった。しかし、読者がいないことは解決していない。

一般読者が、特定の俳句に共感することがないとは言わない。その共感が俳句を作るきっかけになる人もいる。しかし、一般読者の存在自体は、たまたま共感によって俳句を作る人がいることと別である。

一般読者を対象とした句集とは、句集を読んでしまってから一般読者が感心するのではなく、句集を読もうとさせる句集でなければならないはずだ。そして、一般読者に読ませるためには面白い俳句でなければならない。これはおかしい俳句とは違う。どんなに悲しくても、涙を流しても面白い俳句がある。面白いとは、感興があるということだ。

たった今、読む句集は、あらかじめこの作者がまとめた句集ならという予断で読むことが多い。これは一般読者に面白い句集ではない。面白い句集とは、一般読者が読みたくなる句集なのだ。

また、俳人は俳句がうまいとは言う。うまい句集も一般読者が面白い句集ではない。多分、客観写生や花鳥諷詠は、一般読者にとって、うまくても面白い句集ではないだろう。虚子は面白いことを言っていた。

「面白くない俳句を作る、その作句態度を是非必要とします。面白くない俳句態度を我慢して、ここから出発すれば上達することが出来るのであります」

虚子の言葉に従う限り、一般読者にとって面白い句集は出来ない。虚子の言葉は一般読者レベルの俳句を作ろうとする人に悔い改めろと言っているのだ。気まぐれな一般読者は虚子の言うことなど聞かないから、一般読者はますます句集から離れてゆくだろう。

一般読者を対象としないという信念を持った句集があってもいい。しかし、時に立ち止まって一般読者が面白い句集とは何かを考えてみることも必要ではなかろうか。

客観写生や花鳥諷詠が面白くない理由は、俳句の記述内容や表現方法ばかりに作者が夢中となり、それらが結合する情緒に無関心であることによるものだと思う。情緒がなければ一般読者は面白いとは思わない。

私がこうした点で間違いなく面白いと思うのは楠本憲吉(一九二一年十二月十九日―一九八八年十二月十七日)である。すっかり俳句史では忘れられた感のある憲吉だが、一時は俳壇の寵児であった。虚子の評価も低くはなかった、ましてジャーナリズムはこぞって憲吉を取り上げた時代があった。その理由は、憲吉俳句の面白さにあったと思う。しかし、料亭灘萬の御曹司で才走った話術と文才、俳句ジャーナリズムではない一般ジャーナリズムでの知名度の高さ、現代俳句協会からも俳人協会からも離脱したこと、これら全てが俳人としては不利に働いたようだ。

汝が胸の谷間の汗や巴里祭

背後より薔薇の一撃　喜劇果つ

オルゴールに亡母の秘密の子か僕は
天にオリオン地には我等の足音のみ
枝豆は妻のつぶてか妻と酌めば
ヒヤシンス紅し夫の嘘哀し
アイリスや妻の悲しみ国を問わず
チューリップ女王へ葉みな捧げ銃
死んでたまるか山茶花白赤と地に
天に狙撃手地に爆撃手僕標的

素材は様々であった。専門俳人から見ると軽薄で卑俗という批判はある。しかし、その時代の情緒を対象と結びつける卓抜な能力を憲吉は持っていた。俳句はどんなに高邁で文学的・哲学的になってもいいが、第一歩はここから始まらなければならない。

私は座右の書の筆頭に『楠本憲吉全句集』を置いている。仕事で腐ったときだけではなく、俳句で憤懣やるかたないときや、才能が涸れかけたときに読むのである。草田男句集や龍太句集とは全然、別種のリラックスが身を包んでくれるのである。

こうした面白い俳句は、憲吉の何人かの弟子たちに受け継がれている。『甕(アンフォラ)』(ふらんす堂、二〇一六年)を著した鈴木明もその一人だ。

女は虫カフカが困るほど変る
泥鰌っ子鮒っ子軽佻浮薄なれど佳し
おおかたは中流の貧赤のまま
戦後七十年思想氷柱の細りけり
大人が読む子どもの絵本明易し
蝙蝠旗黒しテロルの闇赤し
しぐれて二人月面にいるようじゃないか
初参賀の人波天皇ひとりぼっち
去年今年時代の馬が振り返る
快便六寸小窓をよぎる初燕

これは私が選んだ句だ。次のような句も大方の人に好評だった。大方の人にも、私と似たような共感が持たれているのだろう。

男で死にたい梅雨の羅漢の頭撫で
無礼《なめ》ていやがる水槽鮫のどんより眼
東京タワーにたましい入る憲吉忌
蜂は蝶となり悪童モハマド・アリ散華

面白いのは、この句集に栞を書いている四十代若手世代のリーダーというべき高山れおなが、若手による俳句雑誌「Ku＋」を創刊したとき（二〇一四年三月）、第一号のインタビュー記事に鈴木明に選んだことだ。加藤郁乎、安井浩司の次に、高山れおなが視野に入れたのが鈴木なのだ。目利きは老人ばかりでなく若手にもいる。

【参考】鈴木明は二〇二一年五月二十八日に亡くなった。

平成の終わりに、アニミズムを考える。

［H29・4］

新年の新聞によると、天皇の退位の意向と政府の検討を踏まえて、平成三十一年一月一日に改元されるらしいという。終了する「平成俳壇」「平成俳句」という言葉が妙に差し迫って感じられる。

時代を振り返ってみよう。「明治俳壇」(子規・碧梧桐・虚子)・「大正俳壇」(蛇笏・石鼎・水巴・普羅)・「昭和俳壇」(前半の4S・新興俳句・人間探求派の時代と、後半の社会性俳句・前衛俳句・伝統俳句の時代)と、はっきり我々の目にはその俳句シーンが浮かび上がる。それぞれの時代を感じさせる句があるが、昭和俳壇の句から例を掲げてみよう。

降る雪や明治は遠くなりにけり　中村草田男
死ねば野分け生きてゐしかば争へり　加藤楸邨
六月の女すわれる荒莚　石田波郷

おそるべき君等の乳房夏来る　西東三鬼

水脈の果炎天の墓碑置きて去る　金子兜太

紺絣春月重く出でしかな　飯田龍太

しかし平成俳壇はそれらと比べて、どれほど印象深いものとなるだろうか。我々には、平成俳壇卒業までにあと二年余りしか余裕がない、卒業試験を控えた学生の心境が浮かび上がってくる。あと二年余りで、どれほど立派な成果が上がるというのだろうか。

例えば平成の風景メニューを並べてみよう。湾岸戦争、オウム真理教事件、九・一一テロ、ＩＴ革命、政権交代、東日本大震災、孤独死、少子高齢化、等々である。これらの時代の匂いを残した俳句はちょっと思い浮かばない。

我々は、三十年前、昭和天皇の崩御とそれに伴う即位のためのさまざまな儀式を思い出す。もちろん今回は崩御とは違うからその儀式の内容も違う。あの時代は、歌舞音曲自粛など非日常的な抑圧が覆っていた。今の若い人たちには予想もつかない時代だ。あのとき以来、宗教の時代が訪れたような気がする。

昭和はそれなりに合理性の時代であった。それに対し、平成に入ってからはスピリチュアリズムとかパワースポットとか都市伝説とか、少しずつ不可解な時代となっているようである。これこそが平成の特色だ。もちろん、戦後の合理主義のみが唯一正しいわけではない。ただそういうものだとわきまえておきたい。

アニミズムの流行も平成のそうした傾向と関係なくはないようだ。アニミズムを非合理というと批判を受けそうだ。かつて古代日本全体がそういう時代を持っていたことは否定できない。シャーマンやイタコが跋扈していた時代だ。それならば平成俳壇はアニミズムの時代と言ってもよいかも知れない。

現在、俳人では、金子兜太や稲畑汀子、小澤實が俳句とアニミズムの関係を述べている。特に小澤實と宗教学者・中沢新一は「俳句」誌上で何回もアニミズムをめぐる座談会を行っており、特に小沢の影響を強く受けた中沢新一が「俳句のアニミズム」と題して講演している。中沢は、小澤が掲げたアニミズム俳句をこの講演で紹介しているので眺めてみると、彼らの意図がそれなりに分かってくる。

採る茄子の手籠にきゆァとなきにけり　飯田蛇笏
人来ればおどろきおつる桐の花　前田普羅
蟋蟀が深き地中を覗き込む　山口誓子
雪片のつれ立ちてくる深空かな　高野素十
何もかも知つてをるなり竈猫　富安風生
落葉松はいつめざめても雪降りをり　加藤楸邨

泥鰌浮いて鯰も居るというて沈む　永田耕衣

おおかみに螢が一つ付いていた　金子兜太

もっとも、同志である小澤が例で挙げた「凍蝶の己が魂追うて飛ぶ　虚子」を中沢は「近代的なアニミズム」であると見て否定し、その他を褒めているのは面白い。虚子の冷酷な眼には原始以来の本来のアニミズムの破片もないと思っているからではないか。

ただアニミズムと言われるこれらを見て、一般人は妙に思うかも知れない。表現としての擬人法が多いように思った。ちなみに今から、三、四十年前、能村登四郎の「沖」では新しい抒情俳句の表現として擬人法がいたく流行し、多くの作家が、写生を軽んじて擬人法に走った。もちろんこれはアニミズムのような精神の問題ではなくて技法にとどまるのだ。それでも擬人法は擬人法である。その弊害は長く残っているようである。

こんな反省があるから、今の時代、熱心なアニミズム作家が多い中で、私はそれほど心酔しているわけではない。むしろ今の時代の俳人にアニミズムが増えている現象を冷静に眺めたいと思っている。

小澤と中沢は、特に蛇笏にアニミズムの代表を見ているようだ。私は、数多くいる俳人の中では、原石鼎こそが最もアニミズムにふさわしい作家ではないかと考えている。若くして吉野に隠棲して、神秘体験を重ねつつ、初期の「ホトトギス」を代表する作家となった。昭和となってからは精神を病み、最後は自ら神を名乗っている。一見、アニミズムは幸せな信仰のように思えるが、石鼎は決して幸福な作家でなかった。壁に向かって独語独白している老後の石鼎を描いた岩淵喜代子の著作『二冊の「鹿火屋」』(邑書林、二〇一四年)には鬼気迫るものがある。神に囲まれた石鼎がなぜ不幸だったかは分からない。

一方、アニミズムに一番遠いのは、合理主義に徹した鷹羽狩行ではないかと思う。その師の山口誓子も知性的であったが、『星恋』という星の句集を持っており、どこか神秘主義的な色彩もなくはない。鷹羽狩行こそ、アニミズムから最も遠いところにいる現代作家だと思う。そしてまた、あまたいる俳人の中でも最も幸福そうな作家に見えるのである。

【参考】ＮＨＫは二〇一六年(平成二十八年)七月十三日午後七時のニュースで、「天皇陛下『生前退位』の意向示される」と第一報を流した。

これを受け、「毎日新聞」は二〇一七年(平成二十九年)一月に、「政府は２０１９(平成31)年１月１日に皇太子さまが天皇に即位し、同日から新元号とする検討に入った」と報じた。本編記事はこの時点における記述である。

その後、二〇一七年(平成二十九年)六月十六日に「天皇の退位等に関する皇室典範特例法」が公布された。当時、区切りのいい日として、二〇一九年(平成三十一年)一月一日か四月一日が報道され、二〇一七年(平成二十九年)十月の「朝日新聞」では「新元号は４月１日で調整」と報道している。

その後、二〇一七年（平成二十九年）十二月十三日に特例法の施行期日を二〇一九年（平成三十一年）四月三十日とする政令が公布され、同日限り天皇が退位し、皇嗣であった徳仁皇太子殿下に皇位の継承が行われることとなった。平成に代わる新しい元号については、政府は四月一日の臨時閣議で「令和」とすることを決め、菅官房長官が発表した。

*

この当時、掲出の状況と連動したものかどうか、俳句アニミズム論が盛んに論じられた。主唱者は金子兜太、稲畑汀子、小澤實らである。現在ではほとんど聞かなくなったが当時は一世を風靡したと言ってよい。その代表的著述が中沢新一、小澤實『俳句の海に潜る』（角川書店、二〇一六年）であり、俳句と仏教、俳句のアニミズム、アヴァンギャルドと神話を、小澤が中沢とともに語っている。

現代俳句協会と、戦後俳句史とを振り返る。［H29・8］

現代俳句協会がこの秋（二〇一七年）で七十周年を迎える。私なりに協会の活動を中心に戦後俳句史を振り返ってみたいと思う。

一九四七年（昭和二十二年）九月、現代俳句協会は俳人の生活の安定などの目的で創立された。創設時の会員は次の三十八名だった。この時の会員の年齢はあまり知られていない。見てみると興味深い。

安住敦（四〇）、有馬登良夫（三六）、井本農一（三四）、石田波郷（三四）、石塚友二（四一）、大野林火（四三）、加藤楸邨（四二）、神田秀夫（三四）、川島彷徨子（三七）、孝橋謙二（三九）、西東三鬼（四七）、志摩芳次郎（三九）、篠原梵（三七）、杉浦正一郎（三六）、高屋窓秋（三七）、滝春一（四六）、富澤赤黄男（四五）、中島斌雄（三九）、永田耕衣（四七）、中村草田男（四六）、中村汀女（四七）、西島麦南（五二）、橋本多佳子（四八）、橋本夢道（四四）、日野草城（四六）、東京三（四六）、平畑静塔（四二）、藤田初巳（四二）、松本たかし（四一）、三谷昭（三六）、八木絵馬(三七)、山口誓子(四六)、山本健吉(四〇)、横山白虹(四八)、渡辺白泉(三四)、池内友次郎(四一)、栗林一石路(五三)、石橋辰之助(三八)

このうち四十代が二十一人、三十代が十五人であり、当時の俳句がいかに若かったかが分かる。伝説によれば、誓子と草田男の年齢(四十六歳)で年齢制限をしたとされている。しかし一方で、麦南、一石路のような五十代もいるし、翌年には後藤夜半(五三)さえ入会している。入会資格の実体は、(1)旧世代の虚子、蛇笏、そして(誓子以外の)4Sを排除し、新興俳句・人間探究派を中心とする、(2)波郷より年齢の若い戦後世代を排除する、の二基準が働いていたと思われる。

創設時の協会の主要な活動は、機関誌「俳句と芸術」(桃蹊書房)の発行、幹事会(代表は、波郷→不死男→登良夫→不死男と推移)、茅舎賞の設定とその選考であった。一九四九年(昭和二十四年)からは沈滞化する。例えば桃蹊書房の倒産で「俳句と芸術」は休刊、茅舎賞は三年間中断した。

こうした停滞の中で、主要幹事たちは入会資格の下限(2)を取り払うことにした。選挙の結果、一九五二年(昭和二十七年)は十六名中三名、五三年(同二十八年)は五十名中二十二名が三十代会員となった。会員総数百名のうち三十代の会員は次の通りとなる。[数字は入会時の年齢]

【一九五二年(昭和二十七年)入会】角川源義(三五)、伊丹三樹彦(三二)、沢木欣一(三三)

【一九五三年(昭和二十八年)入会】石原八束(三四)、飯田龍太(三三)、小寺正三(三九)、金子兜太(三四)、桂信子（三九）、楠本憲吉（三一）、香西照雄（三六）、小西甚一（三八）、佐藤鬼房（三四）、島崎千秋（三一）、清水基吉（三五）、杉山岳陽（三九）、鈴木六林男（三四）、田川飛旅子（三九）、高島茂（三三）、高柳重信（三〇）、土岐錬太郎（三三）、西垣脩（三四）、野見山朱鳥（三六）、原子公平（三四）、目迫秩父（三七）、森澄雄（三四）

この名簿を見れば、戦後派世代の陣容がほぼ出揃ったことが分かる。と同時に、一九四九年―五二年（昭和二十四年―二十七年）を「沈滞の時代」と呼ぶとすれば、戦後派世代が揃う五三年（同二十八年）は現代俳句協会の「復興の時代」と言ってよかった。

なぜなら、一九五三年（昭和二十八年）からの俳壇的事業として、第三回の協会賞の授与が始まった。一方、一九五二年（昭和二十七年）に創刊した角川書店の俳句総合誌「俳句」の編集長を五三年（同二十八年）から、現代俳句協会幹部の大野林火、西東三鬼が務める。一九五四年（昭和二十九年）末から毎年「俳句年鑑」が刊行されるが、その編集を現代俳句協会がまるごと委嘱され、俳人協会創設の年（一九六一年）まで続く。「俳句」と現代俳句協会の蜜月が出現し、現代俳句協会と角川書店が俳壇を制覇するのである。

一方で、協会人事で最も重要な幹事および協会賞審査員は、当時のあらゆる民主的な組織と同様、会員投票により選ばれたため、戦後派（三十代）の増加が顕著であった。その割合を見てみよう。

一九五二年（昭和二十七年）幹事　一〇名中〇名
（一九五四年追加　五名中五名）
一九五四年（昭和二十九年）幹事　一二名中六名
一九五六年（昭和三十一年）幹事　一四名中八名

一九五四年（昭和二十九年）審査員　一〇名中〇名（佐藤鬼房受賞）
一九五五年（昭和三十年）審査員　一二名中一名（野澤節子受賞）
一九五六年（昭和三十一年）審査員　二〇名中七名（能村登四郎・金子兜太受賞）

このような戦後派世代の台頭は、協会の変質をもたらさずにはおかない。少なくとも、協会内部においては、もはや新興俳句・人間探究派世代が主流派でなく、戦後派（三十代）が中心であることが歴然としていた。

この構成・世代対立を念頭に置けば、一九六一年（昭和三十六年）の協会分裂の際、（1）現代俳句協会創設会員つまり新興俳句・人間探究派世代と、（2）創設時排除された（虚子は既に亡くなっていた）蛇笏そして4S、の二派が合流したことにより、俳人協会が設立されたことが分かる。だから俳人協会幹事には、もはや三十代は角川書店を代表する源義しかいなかった。言われるような伝統と前衛の対立ではなかった。

既に歴史的事実であるから、これを批判しようとは思わない。世代がそれぞれの論理を持っていることは当然であるからだ。しかし驚くのは、現代俳句協会の創立時が四十代・三十代の作家であったのに対して、その十年後の後続の世代も三十代で構成されていたことだ。

昨年(二〇一六年)、「俳句年鑑」でこの世代を担当したので、その名簿を眺めてみた。協会創立世代の年齢(四十代世代)の作家は山田耕司、山根真矢、津川絵里子、五島高資、高山れおなといった顔触れに当たる。これを追撃する世代(三十代世代)が阪西敦子、大高翔、北大路翼、村上鞆彦、大谷弘至、髙柳克弘となるのだろうか。果たして現在の彼らに、あんな元気はあるのだろうか。

「俳句」に先駆けて、「二十四節気」が無形文化遺産に。［H29・11］

俳人にとって重要であるが、俳人以外にはあまり知られていないニュースを紹介しよう。旧暦の時代から使われ、季語としても俳人に馴染みの深い「二十四節気」（「立春」や「啓蟄」、「秋分」など）がUNESCOの世界遺産となったのだ。二十四節気は伝統的な歳時記の基準となっているものであり、これがなければ歳時記は成り立たない。春は、「立春」から始まり、秋は「立秋」から始まるのだ。こうしたローカルと思っていたものが世界遺産となるのだから、ちょっとした驚きだ。

もちろん世界遺産といっても幾つか種類があり、「世界の文化遺産及び自然遺産の保護に関する条約」（世界遺産条約）に基づく世界遺産（World Heritage）と、「無形文化遺産の保護に関する条約」に基づく無形文化遺産（Intangible Cultural Heritage）であるが、今回の場合は後者に当たる。これは、民族文化財、フォークロア、口承伝統などの無形文化財を保護対象とした事業の一つである。有馬朗人が熱心に推進している「俳句を世界遺産に」もこれに当たる。

そもそも「二十四節気」が最近、話題となったのは、二〇一一年に日本気象協会・小林堅吾理事長が、「二十四節気は、古代中国で成立したものであり、現代の日本の季節感に合致しない」という理由で、新しい二十四節気を協会が制定したいという意向を表明したことによる。協会はこのため「日本版二十四節気専門委員会」(元気象庁長官・新田尚が委員長、暦の会会長・岡田芳朗、俳人・長谷川櫂らが委員)を設置し、検討準備したが、片山由美子、本井英、櫂未知子、筑紫らによる反対が唱えられ、「毎日新聞」によれば、「一般からも電話がかかるなど批判が殺到」(二〇一二年九月二十七日)した結果、この提案は撤回された。

もし、日本気象協会の「日本版二十四節気」ができあがっていたら、いまごろ国際的にも日本はかなり恥ずかしい思いをしたのではないかと思われる。

どのような経緯で、二十四節気が世界遺産になったのだろうか。この登録の主体は中華人民共和国である。これは致し方ないかもしれない。長年にわたる準備行為があったらしい。政府間委員会決定(二〇一六年十一月二十八日―十二月二日会合11.COM 10.B.6)で「二十四節気：太陽の年間活動の観測により開発された時間と実践に関する中国の知識(The Twenty-Four Solar Terms, knowledge in China of time and practices developed through observation of the sun's annual motion)」が登録となった。

くつかある。
「日本版二十四節気」に反対した俳人側として、この経緯を眺めてみると、反省すべき点もい

一つは中国の主張に、「グレゴリオ暦に統合されたことで、それはコミュニティーによって広く使われ、中国の多くの民族によって共有されている」「様々な機能は、無形文化遺産の一形態としての生存能力を高め、コミュニティーの文化的アイデンティティーへの貢献を維持している。これら知識は、公式および非公式の教育手段を通じて伝えられる」と述べていることである。単に古いから残すというものでなくて、近・現代の技術と融合させ、それが国民に浸透していく必要があるというのは、「伝統」が生き残る必須要件であるように思う。さらにこの登録は、「日本版二十四節気」の主張が一財団法人である日本気象協会が提案したのと違い、中華人民共和国文化省、中国無形文化遺産保護センター、中国農業博物館の支援があった。特に農業部門の存在が大きいようだ。

また、その歴史的・思想的な扱いについても配慮が払われ、「人々の思考や行動規範に深く影響を与え、中国の文化的アイデンティティーと結束の重要な担い手である伝統的な中国の暦の一部である。中国社会の持続可能な農業発展と調和のとれた全体的な成長を保証するために、日常生活と共同祝賀行事の時間枠を提供するため、中国人の社会的文化的生活に欠かせない役割を果たす」と述べているのは深く考えさせられる。日本気象協会が反対の運動をしていたと

きも、ここまでの文化的浸透度を考えていたかどうかはやや心許ない。

世界遺産となった経緯は分かった。若干気になるのが、二十四節気は純粋に中国固有の遺産なのかということである。無形の文化は流動的なものだから、国境ではっきり分割できるのかという疑問が湧く。日本だって二十四節気の担い手だった。そしてその通り、多くの文化遺産は共同提案で認められている。例えば、タンゴ(二〇〇九年)がアルゼンチン・ウルグアイ、鷹狩(Falconry、二〇一六年)に至っては十八か国だそうだ。

二十四節気も、中国、台湾、朝鮮などの歳時記を見ても共通しているし、雪の降らないベトナムでも「大雪」などという時候は認められていたらしいから、ほとんど東洋のグローバルスタンダードと言ってもよいように思われる。中国・韓国・日本・東南アジア諸国まで共同提案できる性格のものではないか。もちろん、日本気象協会が「日本版二十四節気」を主張する日本には、共同提案の資格はないだろうが……。

しかし、注意が必要なのは、こうした文化遺産では、大きなナショナリズムと小さなナショナリズムがぶつかり合うことである。過去そうした例もあったらしい。その意味で、日本気象協会の「『日本版二十四節気』を」という小さなナショナリズムは分からなくもない。これは「俳句」が世界遺産になるに当たっても配慮すべきことのように思われる。

兜太「海程」、狩行「狩」が終刊に。

金子兜太(九八)が「海程」を終刊させるという話が出たのは二〇一七年(平成二十九年)の五月のことであった。創刊は一九六二年(昭和三十七年)四月、当初は同人誌であったが兜太の主宰誌となり、造型俳句・前衛俳句の中核となる、戦後俳句を代表する雑誌として創刊以来五十五年を経過する。今回の終刊の前後の経緯は「海程」の読者以外にはよく分からないところがあるので、同誌の編集後記からクロニクル風に眺めてみよう。

二〇一六年(平成二十八年)一月の東京例会で金子兜太が「白寿で『海程』主宰を辞する」と発言。このため、近いうちに「海程」はなくなるという噂が立ち、驚いた兜太は二月の例会で、「白寿で主宰の座からは降りるが、『海程』は存続する」と修正した(四月号)。この後いろいろな意見が寄せられたようだ(二〇一七年五月号)。遂に二〇一七年(平成二十九年)五月の「海程」全国大会で金子兜太から、「二〇一八年八・九月号で『海程』主宰を引退する。『海程』誌も終刊す

［H30・2］

る」と発表された(六月号)。この劇的なニュースは、たちまち全国紙にも掲載された。その直後その時の大会での配布文が「急告／二〇一八年九月(八・九月合併号)をもって、『海程』を『終刊』することとします。」として掲載されている(七月号)。その後、「海程」の後継誌の発行に向けて検討が行われ、代表・安西篤、発行人・武田伸一、編集長・堀之内長一が決まり(十月号)、一月号には誌名をはじめとする新誌の組織や方針も公表される予定だという(十二月号)。

金子兜太の急告文は次のように書かれている。ポイントは四点であり、終刊の理由として(1)私(金子兜太)の年齢から来るもの、(2)俳人――金子兜太――個人に、今まで以上に執着して行きたいという思い、を挙げる。その上で、(3)終刊を二〇一八年九月とする理由を述べ、(4)「海程」という俳誌名を終息させる意志を述べる。

兜太や会員の揺れる思いが伝わってくるようだが、ここでは兜太自身の今後への思い(2)について触れてみたい。「俳人――金子兜太――個人に、今まで以上に執着して行きたい」とは、俳人の生涯を終了するということではなく、現代俳句協会名誉会長や「海程」主宰の立場を離れて、今まで以上に、兜太個人の仕事をしてみたいという意図だと受け取った。では兜太は何を始めようとしているのか。

こんな話題の折から鷹羽狩行(八七)の「狩」の終刊が報じられ、衝撃を与えた。二〇一八年(平成三十年)十二月号をもって「狩」を終刊するというのである。一九七八年(昭和五十三年)創刊、二〇一八年で創刊四十周年を迎える。兜太よりは大部若い。平成三十一年(二〇一九年)四月をもって平成の幕は閉じられるから、これはほぼ平成に殉じると言ってよいだろう。

終刊の理由を狩行は「私の年齢と健康状態」と言っているから、兜太の終刊理由の(1)に相当する。しかしここでは、その後のことにも触れ、「終刊後は後継誌として、片山由美子副主宰が『香雨』を創刊します。私は名誉主宰として、作品の発表・句会の指導を体力の許す限り続ける所存です」と述べており、これは兜太の(2)の所信表明、(3)(4)の後継誌への配慮に当たるだろう。

もともと鷹羽狩行は「氷海」の秋元不死男の後継として「氷海」の主宰となった。一年をもって「氷海」を終刊させ、新たに「狩」を創刊した。その終刊の手際よさは、今回とよく似ている。後継者を自ら決め、終刊と同時に新誌名まで決めるのは、いかにも狩行らしい。「海程」のように終刊に至るまでの経緯がはっきりと分かり、後継体制の決まっていくプロセスが見えるのも透明性が高く民主的であり、いかにも戦後の雄の「海程」らしくてよいし、「狩」のように会員を迷わせず、決然と決まっていくのも一つの方法である。主宰者の個性と言えようか。

ただ、二人の今後(つまり(2))にむしろ関心がある。二人が具体的に何をしようとしているのかはまだ分からないが、そこには高浜虚子の先例があると思うからである。虚子は、一九五一年(昭和二十六年)九月に「ホトトギス」雑詠選を高浜年尾に譲ってから、娘の星野立子の「玉藻」に活動の拠点を移動した。時々、立子に代わって選をしたこともあったようであるが、何より文章が凄い。毎号、立子へ寄せた手紙の形で綴った俳話「立子へ」や、最後の俳論集となる『俳句への道』の諸原稿、戦後俳句を若手たちと総覧した「研究座談会」(未刊)、さらに「玉藻」とは別に「朝日新聞」に連載された「虚子俳話」など、戦前に勝るとも劣らない活動を行っている。「立子へ」「研究座談会」「虚子俳話」はいずれも、一九五九年(昭和三十四年)四月に虚子が八十五歳で倒れるまで書き続けられており、没後しばらくその原稿が誌面・紙面を飾っていたのである。まさに、「ホトトギス」雑詠選から解放されて自由になった虚子が、第二の人生を生き始めたと言ってもよかった。

高齢俳人の参考になる生き方はこの二人に限らない。関西の伊丹三樹彦(九七)は兜太とほぼ同年齢、現代俳句協会会員としては兜太より一年早く入会しているから、まさにレジェンドと言うことができる。伊丹は、日野草城創刊の「青玄」主宰であった。二〇〇五年(平成十七年)に脳梗塞で倒れ、「青玄」は終刊となった。しかし、伊丹啓子の創刊した「青群」の顧問となり、当初リハビリを兼ねながら、膨大な句数の作品集を続々とまとめている。恐らく、倒れる前の句数をその後の句数は超えてしまうのではないか。

「諷詠」の後藤比奈夫(一〇〇)も、同誌主宰であった子息の立夫を亡くしたが、孫の新主宰・和

兜太「海程」、狩行「狩」が終刊に。

田華凜を支え、名誉主宰として活躍している。

これらを見ると、高齢俳人の人生設計こそ、皮肉でなく俳壇の課題であるように思える。

【参考】戦後の虚子の活動については、『俳句への道』（岩波書店、一九五五年）、『虚子俳話』（東都書房、一九五八年）、『虚子俳話 続』（東都書房、一九六〇年）、『立子へ抄』（岩波書店、一九九八年）が出されている。今まで未刊であった研究座談会については、虚子の発言について、筑紫磐井編『虚子は戦後俳句をどう読んだか』（深夜叢書社、二〇一八年）が出されている。

兜太、逝く。

［H30・5］

二〇一八年の九月の誕生日に合わせて「海程」を終刊することとし、今年（二〇一八年）に入ってから新しい雑誌「海原《かいげん》」の創刊と新体制（発行人・安西篤）の準備が進み、着々と予定をこなしている感があった。そうしたただ中、あれほど元気であった兜太の訃報が届いた。

一月八日に肺炎で入院した。これは軽かったらしく、二十五日には退院している。ところが、二月六日誤嚥性肺炎で急遽、熊谷総合病院に入院し、以後、意識がほとんどない状況となり、二月二十日午後十一時四十七分、息を引き取った。

熊谷市の斎場で三月一日通夜、二日告別式があった。家族葬と聞いていたが、俳人は家族だということで「海程」、現代俳句協会の人など二百人から三百人に交じって参列した。偲ぶ会は改めて行われるそうだ。驚いたのは、自宅にいた二週間の間に三本のインタビューをこなしていたことだ。最後の一瞬まで自分が死ぬという意識はなかったようである。

「アベ政治を許さない」と全国に発信した反戦俳人に、死亡叙勲の話が届いたとは聞かない。その代わり、最後の見送りに、近所のおばさんたちが折ったという小さな折り鶴が数百用意されており、皆でこれを棺に納めていた。民衆俳人らしい最後であったように思う。死後、叙勲を受けるよりはるかに、兜太にとって光栄ではなかったかと思う。

昨年(二〇一七年)十二月十三日に、私は仲間たちと金子邸を訪問し、インタビューを行っている。元気だった。俳句に関するインタビューとしては多分、最後のものになるのではないかと思う。私の手元にはテープ起こしした原稿が来ており、しかるべき時期に公表することになると思う。

私自身、兜太と話をする機会はむしろ最近のほうが多かった。主宰誌「海程」での戦後俳句史の連載を依頼され、その後、「海程」の秩父俳句道場には二回招かれた。写真(一〇〇ページ)は二〇一五年四月のもの(左から安西篤、筑紫、金子兜太、関悦史)である。この背景のホワイトボードには、見づらいが私の「金子兜太：老人は青年の敵　強き敵」の句が書いてある。なかなか意味深長な句なのだ。兜太も「海程」同人たちも気にしないで話を聞いてくれた。気を許した相手には、至極、磊落な態度を示す人だった。

その後、兜太と話を重ね、白寿以後の兜太と新しい仕事を一緒に始めようと申し合わせたのであった。前述のインタビューもその時のためのものである。私個人としては、高浜虚子が

「ホトトギス」の選者をやめた後、新人たちと戦後俳句を論評する座談会を五年にわたって続けていたこともあり、兜太にも戦後俳句評をぜひ語らせたかった。「そんなのはアンタがやればいいんだ」と言っていたが、それでもこの最後のインタビューではいままで語られなかった波郷の評を語ってもらっている。もう少し長く聞くことができたらばと惜しまれる。

兜太の評伝をひとことで書くのはなかなか難しい。何と言っても、まず兜太を俳壇で知らしめたのは「社会性俳句」であり、その後の「造型俳句論」の提唱であり、俳壇一般ではこうした兜太を前衛派と呼んだ。しかし後半生においては、一茶の再評価を進めるとともに、「荒凡夫」「ふたりごころ」「いきもの諷詠」「アニミズム」「存在者」と様々なキャッチフレーズを振りまいた。一筋縄ではいかない俳人なのである。

「造型俳句論」に代表される表現論と、「社会性俳句」に代表される表現者の倫理・心情はダイナミックにぶつかり合って様々な兜太論を生み出している。私などは「骨の鮭鴉もダケカンバも骨だ」などに兜太の典型を感じている。これは人によりけりであろう。

ただ、現象的にいえば、兜太の死を全ての新聞が報じていた。平和の俳句や不戦の詩人で語っていたことからも社会性俳句の初期の志をもって兜太は語られることになるだろう。フランスの「ルモンド」紙は兜太の追悼記事の最後で、《Nous ne tolérons pas la politique de Shinzo Abe.》（アベ政治を許さない）に言及し配信していたのだが、これには亡き兜太も快哉を叫んだことだろう。兜太のこれからはここから始まる。

水脈《みお》の果て炎天の墓碑を置きて去る
原爆許すまじ蟹かつかつと瓦礫歩む
彎曲し火傷し爆心地のマラソン
左義長や武器という武器焼いてしまえ
津波のあと老女生きてあり死なぬ

山下一海、復本一郎、堀切実は提言する。

［H30・7］

二〇一三年(平成二十五年)から始まった『山下一海著作集』全九巻、別巻一(おうふう)の配本がこの(二〇一八年)四月で完了した。俳句文学者は何人か知っているが、著作集をまとめたのは穎原退蔵(全二十巻、別巻一)ぐらいで、俳文学研究者の著作集は珍しい。著名な井本農一も尾形仂にも全著作集はない。山下一海(一九三二年—二〇一〇年)からは単行本は何冊か頂いていたこともあり親しみやすかった。著作集で見ると印象が大部違う。

山下の著作集を読むと、芭蕉、蕪村、近世俳句、そして近現代の子規や虚子までを含むから、勢い、古典から現代までの一貫した視点を見ることができる。古典から見た現代俳句の展望というものが見えてくるのである。特に、現代俳句への言及は穎原退蔵よりも多いのではないか。

最終巻に当たる別巻は「俳論・随想・著作目録」となっていて未刊の文章が多く収録されており、とりわけ興味深い。一つは、単行本として収録されなかった俳論が多く収録されているのが見どころである。俳文学を総覧し、現代俳句にまで及ぶ知見を持った山下が、現代俳句に関する幾つかの問題について、どのような意見を持っていたかは興味深いところだ。芭蕉・蕪村の研究をすれば当然に、伝統に対する深い考え方が生まれるだろう。その代表である季語論を見てみたい。

「俳句に季題が必要であるという絶対的な理由は何もない。歴史的に必要とされてきたもので、それなりの理由はあるが、それは絶対的なものでも何でもない。あった方がよいという相対的な効用性が認められてきたにすぎない。それを風土性や民族性から、あたかも絶対のもののように説く論があるが、それは往々にして国粋主義的な匂いを帯びてくる。むしろ今は、絶対的な理由がないのに生きてきたところに、俳句における季題の意味の大きさを考えるべきだろう。」（「季題観種々」）

「俳諧にとって、伝統とは破壊するためのものであったのではなかろうか。しかし、大切なことは、伝統を破壊することによって新しい伝統を創開しているということである。……真の伝統は、伝統と意識される以前の何ものかである。伝統と意識され、名づけられるとき、それは伝統としての生命を失い、形骸化し、いつかはくだかれてしまう。そして、伝統はくだかれることで新生の意義を発揮する」（「俳諧にとって伝統とは何か」）

伝統墨守の俳人はびっくりするだろう。芭蕉・蕪村も現代俳句も通じて言えることは、「伝統ということを否定するところに俳諧の生命がある」「否定されるべきものと否定するものとの間の往復運動が、俳諧史を動かして行くエネルギーであった」(「俳諧にとって伝統とは何か」)ということになるのである。社会学にも通じる科学的な視点であった。

もう一つの最終巻の見どころは、山下が若き時代に書いた詩編があること、そして自伝が掲載されていることである。優れた研究者には俳文学以前の文学体験があるのではないか。

かつて、尾形仂の『森鷗外の歴史小説』(筑摩書房、一九七九年)を読んで、その精緻な論理と構想に驚いたことがある。綿密な資料考証を重ね、この本は尾形が超一級の鷗外研究家であることを示している。その著作を眺めてみると、漢詩、語り物、中国白話小説など、およそ俳句と関係のないジャンルに、情熱を注いでいるのである。その情熱の表れが、尾形の俳諧研究のエネルギーになったのではないかと思われる。

山下に限らず、俳文学者が大学退職後、積極的に現代俳句に対するメッセージを送っている例が近年多い。

現代俳句に対する言及をいち早く、かつ最も多く行っている俳文学研究者は復本一郎であろう。復本の著作は私の本棚二段に溢れ返っているが、その半ばが古典研究、あとの半ばが現代俳句に関するものである。私が最初に読んだ復本の著作は上島鬼貫に関する『鬼貫の「独ごと」全注釈』(講談社学術文庫、一九八一年)であるから、当初はオーソドックスな古典研究から始まったのだが、以後、芭蕉・蕪村、そして子規と範囲を広げた。子規研究の泰斗といえば、坪内稔典と復本と言ってよいであろう。二百五十号に及ぶ「鬼会報」で子規およびその周辺作家の研究成果を、たった一人で書き継いでいる。俳句結社「鬼」の主宰、新聞俳壇の選者となって、まさに現俳壇に発言しているのである。

現代俳句の関係するところでは『日野草城』『佐藤紅緑』『俳句とエロス』『現代俳句への問いかけ』などの著作があるが、最も衝撃を与えたのは『俳句と川柳――「笑い」と「切れ」の考え方、たのしみ方』(講談社現代新書、一九九九年)ではなかったかと思う。復本は現代俳句の最大のポイントを「切字」ではなく「切れ」であるとし、その典型的な表れとして、「切れのある俳句」と「切れのない川柳」で説明した。これには大きな論争が起こった。俳壇で、季語の陰に隠れていた切れ――特に「切字」ではなくて「切れ」――が注目されたのはまさに復本の功績といわねばならないだろう。こうした業績も含めてだろう、復本は、二〇一八年(平成三十年)、第十八回現代俳句大賞を受賞している。

復本に先立って、二〇一六年(平成二十八年)に第十六回現代俳句大賞を受賞しているのは堀切実である。芭蕉研究から始まり、『最短詩型表現史の構想』で古典と現代俳句をつなぐ理論を構築した。『現代俳句に生きる芭蕉』で虚子、波郷、兜太、重信を俎上に載せ、井上弘美主宰の「汀」誌上で毎号、現代俳句作家論を連載している。沢木欣一、西東三鬼、永田耕衣、鷹羽狩行、草間時彦、波多野爽波、平畑静塔、秋元不死男と続いてきている。果たして複雑怪奇な現代俳句史をどこまで短詩型表現史に集約できるか注目される。いずれにしろ「汀」はこの連載を看板とするだけでなく、心中するつもりで継続してほしいものだ。

高山れおなが、朝日俳壇選者に。

［H30・8］

新聞俳壇で最も大きな権威となっているのは朝日俳壇であろう。歴代の選者は、虚子・誓子、人間探求派の草田男・楸邨・波郷が務めてきたから、ほとんど現代俳句史そのものといってもよかった。現在の選者は、稲畑汀子、大串章、長谷川櫂が務めている。四人目は金子兜太であったが、この（二〇一八年）二月に亡くなっているので、その後継選者について大きな関心が集まっていた。特に、新聞俳壇において金子兜太はただ一人の前衛系の選者であったからだ。そしてこの七月から、兜太に代わって高山れおなが就任することとなった。これに伴い、たった一人の四十代の新聞俳壇選者が登場したことになる。これは、戦後生まれ作家（長谷川櫂、小澤實ら）を通り過ぎて、新世代の先駆けとなるものであった。とはいえ、高山のプロフィールはあまりにも知られていない。ここで簡単に紹介することにしたい。

高山れおな（一九六八年生まれ）は結社を知らない俳人である。総合雑誌「俳句空間」（大井恒行編集長）の投稿欄に早稲田大学の学生時代に応募したのが始まりで、その後、攝津幸彦の「豈」に入会した。一時期、「豈」の編集長を務めている。

高山の名を一躍、高からしめたのは、二〇〇九年、筑紫磐井・対馬康子と共編で『新撰21』（邑書林）を刊行し、新しい若手人材を発掘したことである。当時、若手俳人の多くは結社に逼塞し自由な活躍の場がなかったが、この選集、及びこれに引き続く『超新撰21』（邑書林）により、一気に俳壇で光を浴びることとなったのである。現在ほとんどの総合雑誌が結社の主宰者よりは新人に豊富なページを提供しているのは、こうした契機によるものである。パトロンによる資金の確保から、結社を超えた人材の発掘まで高山が行った。高山がいなければ今日の若手時代は存在しなかったかもしれない。

これに先立って、「豈」同人・中村安伸とBLOG雑誌「―俳句空間―豈weekly」を二年間にわたって運営している。百号で打ち切ったのは潔いし、かつその記事の半ばを自ら執筆し、至るところで論戦を繰り広げた。BLOG時代の立役者といってよいであろう。評論・論争のためのBLOGであったことも大きな特色であった。また「豈weekly」を通じて、『新撰21』の資金確保もここで実現したから、常に長期的な経営視野を持っていた作家――むしろプロデューサーであったことになる。

その後「豈」のほかに自ら雑誌も創刊した。若手俳人に大きな反響を与えた「Ku＋（クプラス）」がそれであり、これも非常に戦闘的な雑誌であり、既存の俳壇を震撼させようという意図に溢れていた。『新撰21』『超新撰21』で登場した若手、その後の後続世代が参加したが、やや息切れをして雑誌としては二号で終刊した。「芸術新潮」の副編集長を務めており、公職との並立が少し苦しくなってきたのかも知れない。なぜなら、「豈weekly」と同様、ほとんど自分が中心となって、企画編集をしていたからだ。

これほどの活躍をしながらも、角川書店の二〇一八年版「俳句年鑑」の主要俳人の活躍を取り上げた「年代別二〇一七年の収穫」の四百二十八名の中には高山を挙げていない。俳壇主流派から疎外されていたという意味で、金子兜太によく似ているように思う。

高山れおなの句集は『ウルトラ』『荒東雑詩』『俳諧曾我』の三冊である。「俳句空間」の選者が高山を指導したわけではないし、攝津幸彦さえ高山を教えた記憶もないというから、見よう見まねの俳句である。これは、俳句に師匠が要らない格好の例である。『現代俳句一〇〇人二〇句』（邑書林、二〇〇一年）の作句信条で、「和歌無師匠只以旧歌為師（定家卿）」としているから、はなからそれが意図的であったわけだ。高山に大きな影響を与えた攝津幸彦も、一度も結社に属したことがない。「無結社」「無師匠」の系譜が、現代俳句には歴然と存在するのである。

では高山の俳句の特色とは何であろうか。一言でいってしまえば、（1）無季や自由な言語の遊戯、（2）俳句の枠組みの破壊、（3）諧謔的社会性、（4）脱俳句性等であろう。これらは、一部は兜太の言語原理であるが、また兜太が自制してしまった言語原理を更に超脱する新言語原理でもあった。もちろんそこには高柳重信や加藤郁乎、攝津幸彦らの前衛原理もそこはかとなく漂っていたが。

駅前の蚯蚓鳴くこと市史にあり
陽の裏の光いづこへ浮寝鳥
麿、変？
西瓜割る麿の怖さにちびるなよ
吊革に葱より白き君は夢
死ぬまでの生　刺繡《ぬひとり》は猪鹿蝶《ゐのしかてふ》
げんぱつ　は　おとな　の　あそび　ぜんゑい　も
きれ　より　も　ぎやくぎれ　だいじ　ぜんゑい　は
でんとう　の　かさ　の　とりかへ　むれう　で　します

だから、ありていに言えばもはやここには戦後俳句は存在しない。戦後俳句の誰もここまで到達していないからだ。それにもかかわらず「正統のインチキ」に対する糾弾という意味での兜太の承継を見ることができるのである。朝日俳壇の一層の変貌を期待したい。

どうして、三つの協会が出来たのですか。

［H30・9］

俳人協会に入会した若手の無季句がこのところ目立つという批判が出ている（「群青」二〇一八年二月号）。確かに、無季俳句を含めた俳人協会員の句集が多く出ている。

協会の成り立ちを知れば、無季の句は歓迎されないことが分かるというのだ。残念ながら協会の成り立ちを知っている人は全て死に絶え、間接的にしか語られていない。若い人たちが協会の成り立ちを知らないことをあながち責めるわけにはいかないだろう。そこで今回は、若い人たちのために、協会の成り立ちをたどってみることにしたい。

俳壇には三つの協会がある。現代俳句協会、公益社団法人俳人協会、公益社団法人日本伝統俳句協会である。このほかに国際俳句交流協会があるが、これは国際交流という機能に特化しているからここでは触れない。

その背景には戦前の状況が大きく影響している。迂遠だが戦前の動きから述べることにしよう。一九四〇年(昭和十五年)十二月、日本俳句作家協会が発足、日本文学報国会発足に伴い翌一九四一年(同十六年)三月、同会俳句部会に吸収された。特に幹事を中心に慰問や陸軍への寄付募金イベントへの指導派遣などの戦争協力が積極的に行われた。文学報国会は終戦にともない解散した。

戦後は、桑原武夫の「第二芸術」論で俳句否定の嵐が吹きまくった。こうした中で俳句作家たちが横断的活動を試みる。一九四七年(昭和二十二年)九月、原稿料、選句料に一定の基準を設けるなど、会員の生活の擁護などを目的に三十八名の会員により現代俳句協会が創立された。具体的構成は、中村草田男らの人間探求派、西東三鬼らの新興俳句の作家を中心にしており、日本文学報国会俳句部会の部会長・幹事らは排除された。また、石田波郷より下の年齢の戦後派世代も、一人前扱いされなかったのか参加を許されなかった。

こうして発足したものの一、二年で協会の活動は停滞する。このため、一九五三年(昭和二十八年)から活性化を図るため戦後派世代を大量に入会させ、沢木欣一、金子兜太、佐藤鬼房、能村登四郎、鈴木六林男、飯田龍太らの加入で協会は一挙に活発化した。特にこの直前に創刊された角川書店「俳句」との連携により、角川書店と現代俳句協会は蜜月時代を迎え、両々相まって戦後俳句は発展したのである。

やがて昭和三十年代の社会性俳句、造型俳句の隆盛とともに、草田男と兜太——創設グループと戦後派世代――の対立が激しくなった。特に季語をめぐる論点は激しく対立した。遂に草田男は一九六一年(昭和三十六年)末、現代俳句協会幹事長を兼ねたまま俳人協会を発足させ、現代俳句協会から幹事長不信任を受け退会している。

発足した俳人協会は、発足当時の幹事を見ると、草田男らの人間探求派、三鬼らの新興俳句の作家に加え、元日本文学報国会俳句部会の主要幹部であった秋櫻子、風生、飯田蛇笏らが復活しており、一方、戦後派作家は角川源義ただ一人であった。現代俳句協会の創設メンバーと文学報国会幹部、角川書店の三者協同により、戦後派作家を排斥する形で発足したと見ることができる。

このような経緯から、現代俳句協会は無季派と有季派が混在し、俳人協会は有季の作家が圧倒的に多い。にもかかわらず、俳人協会定款(根本規則)では無季を排斥してはおらず、むしろ無季排除はその時々の会長の政策と見るべきかも知れない。例えば、松崎鉄之介会長時代は、有志作家による形で、教科書の出版社に対し無季俳句を教科書に載せないように強く要請している。

創設時の俳人協会事務所は角川書店内に置かれた。これに伴い、角川書店と現代俳句協会の蜜月時代は終了し、対立時代に入ったのである。しかし、やがて牧羊社という第三勢力出版社の登場等に伴い、こうした対立は輪郭がぼやけてきた。特に「俳句」の名編集長・秋山みのるによる「結社の時代」キャンペーンにより、こうした対立図式がほぼ崩壊したのである。その後、登場したのが、日本伝統俳句協会である（一九八七年）。稲畑汀子が中心となり、俳人協会よりピュアに、伝統俳句とは「有季定型の花鳥諷詠詩」であると定款（根本規則）に宣言して発足した。虚子によれば花鳥諷詠では、四季以外には社会にも関心を持ってはならないこととされるから、俳句の範囲は俳人協会のそれより一層狭く、かつ求心力を高めたものとなった。

きっかけは朝日俳壇選者に新しく金子兜太が就任した（一九八七年）ことに伴い、伝統俳句の未来に危機感を持った稲畑が協会の設立を決心したことにある。これに対し、支持を示したのが三笠宮殿下、更に協会を公益法人化することを強く勧めたのが塩川正十郎文部大臣であった。大臣の指示の下、文部官僚の積極的協力により、一九八七年（昭和六十二年）九月に審査開始。反対投書があったものの、いち早く翌八八年（同六十三年）十二月二十日には認可を受けている。当時の文部省の文化普及課長は、法人化は最低三年かかるが、「ホトトギス」が後ろ盾にあること、大臣からの申し入れもあり、例外中の例外として早期に認可すると言っている。同業種で公益法人は一つしか認めないという不文律にもかかわらず、公益法人認可が行われた。ここに稲畑の尽力で、「有季定型」が恣意的にではなく、公の文書として初めて認められることとなったのである。

【参考】現代俳句協会は任意団体であったが、二〇二三年（令和五年）三月、一般法人となり、国際俳句交流協会は二〇二二年（令和四年）十二月に国際俳句協会と改称した。

爽波忌に、若き弟子たちを思う。

［H30・11］

「夏潮」の「虚子研究」に連載していた「虚子による戦後俳句史」を、この夏『虚子は戦後俳句をどう読んだか』（深夜叢書社、二〇一八年）にまとめてもらった。高浜虚子が、一九五九年（昭和三十四年）亡くなるまで行った「玉藻」の「研究座談会」で、蛇笏、4S、人間探求派、新興俳句、社会性俳句、「ホトトギス」の代表作家ら三十五人の戦後俳句を論評したものである。山本健吉の『現代俳句』に匹敵する俳句史総論となっている。

この中で、戦後の新人作家では、金子兜太、飯田龍太、能村登四郎などを取り上げた。当時、虚子の膝下にあった「ホトトギス」派の新人は取り上げなかった。戦後俳句をたどるのが趣旨であり、「ホトトギス」俳句の歴史をたどるものではなかったからだ。もし「ホトトギス」で取り上げればその筆頭に出てくるのが波多野爽波（一九二三年―一九九一年）である。『虚子は戦後俳句をどう読んだか』で取り上げ漏らした爽波の句と虚子の論評を少し紹介しよう。なお、表記は『虚子は戦後俳句をどう読んだか』に倣い、「研究座談会」における座談を虚子中心の発言に整理し直し、対話者の発言概要を［　］で補足したものである。

桜貝長き翼の海の星

虚子　［何か少し幻想的な感じですね。(遊子)］さうですね。

虚子　海に桜貝があり、空には翼を拡げたやうに一面の星があるといふのでせう。

虚子　［満天の星というのですか(敏郎)］さうでせう。

虚子　［この句はいいですか(けん二)］主観句だったところでいゝ句ならばいゝ。唯、客観写生を志すことが誤りの少ない俳句の道だといふのです。

金魚玉とり落しなば鋪道の花

虚子　［主観句といえばこの句はどうですか。(けん二)］それもいゝでせうね。

セルの袖煙草の箱の軽さあり

虚子　［爽波の句にはある感じをとらえてそれをなるべく具体化して表現しようとする傾向がある(敏郎)］これは『重さあり』と言ったのが普通ですが、『軽さあり』と言ったが為に、その感じがよく出てゐます。

虚子　その時の感じがうまく出てゐると思ひます。

美しやさくらんぼうも夜の雨も

虚子　［これはわかり易い、気持もいゝ句（けん二）］さうですね。

虚子　［如何にも心持がいい（立子）］さうだ。

首曲げて見る庭隅の梅雨の月

虚子　梅雨の月は、珍しいことはないけれども、曇ってゐて月は見えないのが普通だ。その月が出てゐると聞いたので、首を曲げて見たといふのだ。『庭隅』も不用意な言葉ではない。

朝ぐもり人々かざす定期券

虚子　［次から次へ定刻券を出してサラリーマン達が出て行く、朝の改札口の感じが出ている（敏郎）］さうですね。

虚子　［『かざす』が得意なんでしょう。（立子）］感じがないことはない。

爽波（敬栄）は祖父が宮内大臣という名門の出身で、学習院在学時代から「ホトトギス」に投稿していた。ちなみに、三島由紀夫（俳号・平岡青城）は同窓であった。その後、京都大学に入り春菜会を結成、「ホトトギス」最年少同人となった。当時「ホトトギス」にあっては、東京の新人会、春菜会、そして孤高の福岡の野見山朱鳥が注目されていた。しかし、爽波は虚子が選者を退いた後の年尾選の「ホトトギス」に飽き足らず、春菜会を中心に「青」を主宰、「ホトトギス」系の四誌連合会や前衛俳人との交流を深める。「俳句題詠」「多作多捨」「俳句スポーツ説」など俳句の独自性に基づいた刺激的な指導法を唱え、晩年は藤田湘子と並ぶ俳壇の寵児となり、結社を超えて若手作家の高い人気を維持した。私も宴席に侍した記憶がある。

主宰する「青」は、創刊当初の大峯あきら、宇佐美魚目、友岡子郷、若手では岸本尚毅、田中裕明、島田牙城、中岡毅雄が活躍したが、爽波の没後、終刊した。

今年(二〇一八年)、没後二十七年(十月十八日が命日だ)となる。ここに爽波を取り上げるのは、最近になって大峯あきら(二〇一五年)、友岡子郷(二〇一八年)が蛇笏賞を、山口昭男が読売文学賞(二〇一八年)を受賞したというばかりではない。爽波の愛した若者たちがそれぞれに結実期を迎えているように思われるからだ。

岸本尚毅は八面六臂の活躍中である。今年(二〇一八年)も、『岸本尚毅集』『相互批評の試み』(宇井十間との共著)『「型」で学ぶはじめての俳句ドリル』(夏井いつきと共著)が出されているが、特に爽波の実践的面である「多作多捨」「俳句スポーツ説」の思想をよく受け継いでいる。

島田牙城は、評論家・編集人・邑書林代表として有名だ。「青」の最後の編集長・島田刀根夫を親としている。孤軍奮闘して『波多野爽波全集』全三巻を刊行した。その時はすでに爽波ブームが去っており、少しも売れなかったと嘆いたことを思いだす。「しばかぶれ」第二集(二〇一八年)では「青」に若手作家が続々と登場し始めた頃を回想している。これを語れるのも牙城ぐらいしかいない。

中岡毅雄は、すでに俳人協会新人賞、俳人協会評論賞などを受賞し、七月から今井豊と「いぶき」を発行している。指導者の道を歩き始めたということだろう。

ただ一人、田中裕明(元「ゆう」主宰)は二〇〇四年、四十五歳で夭折した(通常、夭折とは言いにくいが、平均年齢七十五歳、新人賞上限五十歳の俳壇では、あえて夭折と言っておこう。ちなみに、村上護『虹あるごとく――夭折俳人列伝』では、二十代から四十代の作家を取り上げる)。本年(二〇一八年)、『田中裕明の思い出』(ふらんす堂)が四ッ谷龍によって出された。裕明の初めての評伝ではないかと思う。夭折作家の評伝が書かれるというのも戦後俳句の一つの結実期ではないかと思う。

これらを見ると、爽波は六十代という働き盛りで亡くなり、「青」も早々に終刊し、決して恵まれたものではなかったとも言える。爽波の蒔いた種は様々なところに芽吹いたのである。更に言えば、現代の若い世代の向いている方向は案外、爽波のそれに近いのではないか。彼らを通して、現代俳句の原点に爽波がありはしないか、というのが最近の私の感想である。

右に掲げた六十年前の爽波の句と虚子の鑑賞を見ながらそんなことを思っている。

兜太の「海程」と「狼」は、こうして生まれた。［R元・5］

兜太が亡くなった後も、いくつもの話題が生まれている。その話題をいくつか紹介する。まず、兜太の一周忌に合わせ、『金子兜太戦後俳句日記』第一巻（白水社、二〇一九年）が刊行された。兜太は一九五七年（昭和三十二年）から晩年まで、六十年という長期間にわたり日記をつけている。金子兜太が戦後俳句の中心にいたことを思えば、これほど貴重な記録はないはずである。戦後俳句史はこの日記によって書き換えられるはずだ。

例えば、兜太の活動拠点となった「海程」の創刊は一九六二年（昭和三十七年）四月である。この前後の時期に兜太は、造型俳句論の執筆、第二句集『金子兜太句集』刊行、俳人協会の独立への対応、岡井隆との共著『短詩型文学論』の執筆と、八面六臂の活躍をしている。それらが相互に絡み合って、複雑な人間関係を知ることができるのも貴重である。

いずれ話題となるであろうが、ここでは、「海程」創刊の経緯を中心に眺めてみよう。契機は、日記に拠れば一年ほど前(一九六一年)になる。

五月十五日(月)曇、晴

昼、赤尾［兜子＝筑紫補注］氏から電話。神戸からわざわざかけてくれる。小生が「縄」「十七音」のキャップになるという噂があるとのことだが真偽如何、というわけ。雑誌を出すべき時期にきていると判断されるが、方法に迷っていること、意見をきゝたい、とこたえる。(以下略)

まだ積極的な「海程」創刊の準備ではない。ここから次第に醸成されていくのである。

九月四日(月)晴

昼、塚崎くん［角川書店「俳句」編集長］と話した結果、雑誌の構想を得る。もうこれしかないと思い、皆子にも話したところ、どうもいままでのは小さすぎると思っていました、と賛成してくれる。プランは、全国の同人グループと結社内の同志向の人を結集する、大同人誌を出すこと。そのため編輯同人に、堀、赤尾、和地、田川、隈、北、それに出来れば島津を加え、各地を担当してもらう。季刊。誌名は「創原」ではどうかと思ったりする。六〇名くらいあつめたい。塚崎氏も、「後はあなたの政治力ですよ」という。情熱を傾けてみたい。何か今度こそやり甲斐のあることのように思う。

「創原」という誌名は面白い。「海程」の後継誌は「海原」というからだ。いずれにしろ、この間さまざまな人の意見が寄せられ、主宰誌、個人誌等いろいろな形態を検討する。面白いのは、豪放磊落な兜太らしくない鬱屈した思慮が続くことである。

十月二十三日(月)雨

雑誌のことをしきりに考えている。自信がない。はたして売れるか集るか、と不安。自分に対する人気というものが、客観的なものにすぎず、いざとなると、おそれをなすか、むずかしすぎるとして敬遠されるかするのではないかと思う。また思うことによって、純度を失うことも心配。なんとも、もやもやしたこの頃で、同人の幾人かの未回答、伊勢崎や熊谷からの返事もないことなど、みな気になる。

＊

次は、亡くなる直前の兜太の回想に、兜太の俳句の秘密がいくつか浮かび出してくるのである。

おおかみに螢が一つ付いていた　『東国抄』

兜太の平成を代表する名句である。「海程」平成十年（一九九八年）二・三月号に発表されている。兜太はこの時期、集中的に狼の句を詠んでいるが、この時期、大量に生まれた理由はよく分からない。兜太の自句自解では、秩父という産土、兜太の後半生のアニミズムに由来するものらしいことが語られている。だから、兜太を知る人はそんなものかと思うだけだった。

しかし晩年になって突然、これらの句に対し不思議な解説を施す。

「狼は、私のなかでは時間を超越して存在している。日本列島、そして『産土』秩父の土の上に生きている。『いのち』そのものとして。時に咆哮し、時に眠り、『いささかも妥協を知らず（中略）あの尾根近く狂い走ったろう。』（秩父の詩人・金子直一の詩「狼」より）」（『金子兜太自選自解99句』角川学芸出版、二〇一二年）

「秩父出身の詩人の金子直一という人がいたんですが、その人が、両神山は『オオカミ山』から来ているんじゃないかと詩に書いていて、俺はそれに感動を受けて、もとはオオカミがたくさんいたのでオオカミ山と言ったんだけど、オオカミが全滅させられて名前だけ残ったと、そういうふうに取っていたわけです。そこから、今の句ができた」（青木健編『いま、兜太は』岩波書店、二〇一六年）

金子直一という無名の詩人の名前が、様々な座談も含め、最晩年の記憶に突然登場するのだ。

金子直一《なおいち》（一九〇三年〈明治三十六年〉―一九九一年〈平成三年〉）は兜太と同じ皆野生まれ。兜太の実家の隣に住む親戚である。東京帝国大学英文科を卒業し、英語教師となり秩父高校に勤める。戦前は、伊藤整らと同人雑誌を発行。戦後は地元の同人誌に参加する。

兜太は、この年上のインテリに親愛の情を抱き、直一も兜太をかわいがっていたようだ。直一の死後、兜太は恩に報いるように詳細な評伝「金子直一粗描」を書いている。同じ反逆児であり、同郷の文学者であったからだ（「兜太は何故おおかみの句を詠んだか」〈「藍生」二〇一九年九月号〉）。

直一は、秩父事件を素材とした小説を書き、秩父事件の研究者・井上幸治に師事し、やがてその反逆の精神を、昔、秩父にいたという狼に化体させた詩に書く。それが、兜太が引用した詩なのだ。「狼」とは秩父事件の暴徒の精神である。そして直一の没後、兜太はこれに触発されたように「狼」思想にとりつかれる。直一の文学は、兜太の晩年に大きな影響を与えているのである。

平成俳句の反省と令和俳句への期待。

［R元・6］

平成最後の期間であるだけに、今年（平成三十一年）前半は平成俳句の回顧が多くの雑誌で続いた。平成の次の元号「令和」も四月に発表され、新しい時代が動き出した感じもする。しかし、時代が動き出したからといって、新しい俳句が生まれるものではない。新しい俳句は古い俳句を乗り越えて生まれるものであろう。昨年（平成三十年）、「未来俳句のためのフォーラム」（十一月十七日、津田塾大学千駄ヶ谷キャンパス）が開催された。その時、パネラーで一番若い福田若之（平成三年〈一九九一年〉生まれ）が「俳句甲子園・芝不器男新人賞・新撰21はすでに前世代の成果」と漏らしていたのが印象的であった。

さて古い話になるが、平成（一九八九年―）が始まる直前に、中村草田男（昭和五十八年）と山本健吉（昭和六十三年）が亡くなっていたことを思いだす。この二人を乗り越えて平成が始まったということになるだろうか。そこで私は平成を代表する二つの事件を掲げてみたいと思う。

一つは、「結社の時代」（俳句上達法）の登場だ。

結社の時代とは平成二年（一九九〇年）から同六年（一九九四年）まで続いた角川書店「俳句」編集長・秋山みのるが行ったキャンペーンのキャッチフレーズである。しかし、単なる結社の隆盛を誇る時代というだけならば、すでに戦前から俳句は結社主義で維持されていたから、平成になって顕著に結社の時代となったという実感はないはずだ。秋山みのるが取った編集方針とは、「俳句は結社中心に初心から中堅まで連続的に教育されるべきだ。そのためには主宰者により初心から懇切丁寧な指導を行うべきであり、その中で総合誌がその頂点に君臨する」という主張であったと見てよいであろう。

実際、「結社の時代」の実体は「俳句上達法」特集であった。この間の「俳句」の特集の八十パーセント以上が俳句上達法特集であったからである。中村草田男と山本健吉に代表される「俳句が文学であるという主張」――傑出した作家しか本当の俳句は作り得ないという矜持――に対して、「結社の時代」は誰でもが上達法を学びさえすれば、総合誌に登場することができる一応の作家となり得るという主張であった。

結社の時代は、代表的な結社である飯田龍太の「雲母」の廃刊（平成四年〈一九九二年〉八月）により路線変更を迫られ、秋山はやがて編集長を退任、わずか四年で「結社の時代」は消滅した。しかし、秋山の作り上げた俳句上達法至上主義は今も総合誌の主流をなしている。

では当の秋山は、最後に何を考えていたのだろうか。「俳句」編集長を退任した後、秋山は、「俳句界」の編集顧問に就任し、引き続き刺激的な発言をしている。最後は、俳壇の質の低下に絶望し、やがて、「もはや『結社の時代』は終わった。今日に必要なのは、こころざしをもった結社と優れた俳人のみである」(「俳句界」平成十七年〈二〇〇五年〉十一月)と断じている。秋山が何を言おうと、総合誌の俳句上達法の潮流は変わることはなかった。混迷の俳壇の中で、秋山は平成十九年(二〇〇七年)十一月に没している。

もう一つは、「切れ」の発見だ。

結社の時代——俳句上達法の時代——の後、復本一郎の『俳句と川柳』(講談社現代新書、平成十一年〈一九九九年〉)が大きな話題となった。復本は俳句と川柳を論じながらその差異の一つを「切れ」だと述べる。俳句には切れがあり、川柳にはないのだとする。ずいぶん乱暴な発言で、川柳人からはかなりの反発を受けたが、逆に俳人による切れの過大評価が始まるようになる。

もともと切字は発句(五七五)と脇句(七七)を切断するための辞であるが、式目の発達する中で十八種の切字などが提唱されるようになり、一種の職人世界の伝承秘技となっていく。実際、近代俳句となってからは、実作者としての子規も虚子も切字を無視している。

ところが、俳句上達法が盛大に行われていく中で、この発句と脇句の関係を定めた「切字」が尊重され、さらに一句(五七五)の中にも「切れ」が必要だという主張が始まるようになる。

これは上述の復本の著作の大きな功績と言えるだろう。いまや、多くの専門俳人にとって「切れ」はトラウマとなっており、総合誌でも毎年一回は「切れ」の特集が組まれている。近いところでは「俳句」平成三十年(二〇一八年)七月号が、シンポジウム「現代の俳句にとって切れ字・切れは必要か」(宇多喜代子・長谷川櫂・大串章・黛まどか・司会 復本一郎)を掲載している。この顔触れと発言を見れば、現代俳句の切れの所在が分かるはずである。

ただ私には「切れ」の尊重・絶対視には、結社の時代・俳句上達法に通じる、やや退嬰した文学の傾向があるような気がしてならない。芭蕉も草田男も論じていない「切れ」に、果たして文学の大問題が横たわっているのだろうか。どこに「文学」上達法や「文章」の切れ方が論じられている世界があるだろうか。復本はその後、『三省堂名歌名句辞典』(平成十六年〈二〇〇四年〉)で古今の名句全てに季語・切字と併せて「切れ」を示す壮大な実験を行おうとしたが挫折した。それほど切れには統一的な規定が困難だったのだ。

朝日俳壇の選者となった高山れおなは、いろいろな会合で評論集『切字と切れ(仮称)』の近刊予告をしている。高山はかつて「なぜ二〇〇〇年代の今、切れ論議がこんなに盛り上がるのか誰も答えてくれていない」(「豈—weekly—」)というやや悪意ある発言をしていたが、今回は自らその答えを出してくれるに違いない。期待するとともに、益もないものであれば早々に終息宣言をしてほしいものと思う。

さて、冒頭に戻り、「令和の俳句」があるとしたら、それは「平成の俳句」の反省——結社の時代・俳句上達法に懐疑を持つこと、誰にも見えない「切れ」などではなく目に見える理念にして議論・批評することではないかと思う。新表現とは屍を乗り越えて生まれるものだが、草田男と健吉が懐かしくなるのは、果たして二人が乗り越えられたかどうか疑問だからである。昭和俳句に対するノスタルジーばかりではないのである。

【参考】高山れおな『切字と切れ』は、一四六ページに再出する。

平成の一句、ダントツで兜太。

［R元・8］

　五月一日（二〇一九年）をもって令和を迎えたところから、「俳句」は「さらば平成」と題して、巻頭随想を鴇田智哉が執筆し、九十二人による俳人アンケートとそれを踏まえた座談会「平成百人一句」の特集を行っている。「俳壇」では「平成俳壇展望」として、十二人による次代に遺したい平成の俳句・俳書を掲げている。「俳句界」では「平成俳句とその後」と題して高柳・仙田・田中・生駒が座談会、若手によるエッセイ、平成を代表する七句選を行っている。「俳句αあるふぁ」は特集がないが、これは昨年（平成三十年〈二〇一八年〉）秋に「平成の暮れに」という特集を行っているためであろう。本当に何の特集も組んでいないのは「俳句四季」であるが、この雑誌はいつもこうした際物めいた特集を忌避しているのが特徴である。

　各特集を横並びに眺めてみて、品評してみたい。

「俳句」五月号の各人が一句を選んだアンケートベストテンは、平成の句としては、

おおかみに螢が一つ付いていた　金子兜太

がダントツの十六票を得て第一位だった。これに次ぐ二位は、鷹羽狩行、友岡子郷、正木ゆう子、田中裕明、関悦史でいずれも六票で、大差をつけて文句ない一位であろう。

また、平成の俳人としても、金子兜太に二十二票が集まった。これも二位が十七票の田中裕明、三位が十二票の鷹羽、高野ムツオであったから、平成の俳壇は金子兜太によって築かれたように見える。

参考までに平成二十九年（二〇一七年）十二月に「俳句界」が行った平成を代表する俳句・俳人アンケートを見てみたところ、百七十六人によって選ばれた平成を代表する俳人は金子兜太（二十五票）であり、二位の宇多喜代子、鷹羽狩行（十票）をはるかに凌いでいたし、平成を代表する俳句は「おおかみに螢が一つ付いていた」だったから、こうした傾向は平成俳壇の終盤に一貫していたということができるだろう。単に兜太が長生きをしたからというだけではないようである。

ただし、「俳壇」の次代に遺したい平成の俳句、「俳句界」の平成を代表する七句選では兜太の票数が少ないのはどうしたことだろう。限られた俳人が、複数の作品を選ぶと平均化されてしまうからかもしれない。興味深いところである。

ただいずれにしろ、こうしたランキングの中で阪神・淡路大震災、東日本大震災の句やそれをまとめた句集に票が集まったことに、つくづく平成は「災害の時代」であったと気づかされる。昭和の「戦争・政治対立・バブルの時代」とは違っていたということなのである。

では俳句のランキングはそれとして、平成の俳句とはどのような特徴を持っていたか。「俳句」五月号で巻頭随想として鴇田智哉が「俳句の不謹慎さ、そして主体感」を執筆している。前半が鴇田の俳句経験、後半を俳句の有りようとして論じているが、特に後半が鴇田の主張をはっきり出しているので、それを見てみたい。多くの俳人の中でも鴇田は震災俳句を一番厳しく批判している。感情を伴う事柄を簡単な熟語(「震災忌」「フクシマ忌」のような)に還元してワッペンを貼るように俳句を作っていると批判する。こうした俳句の決まり事に違和感を覚えているのである。その結果、こうした一見、真面目に見える決まり事の世界を批判し、俳句の本質は不謹慎さにあるとまで言っている。もう一つは、若い俳人たちの新しい俳句の世界に主体感を感じ取ろうとしている点だ。言ってしまえば鴇田は、平成以後の俳句に新しい主体感の表れを感じているようだ。

「古今のあらゆる句には、その句特有の主体感があり、私たちはそれをうすうすと感じてきたと思う。ただ、俳句が語られる時、それは今までの時代、あまり言語化されてこなかったと思う。主体感を感じ取る感性を育て、それを言語化して語ることは、これから俳句を読み、また作るうえでの鍵になるという予感が、私にはある」

前者（震災俳句）と後者（主体感）に直接のつながりはないように思うが、平成という時代の問題点と期待感と見れば分からなくはない。ただ鴇田がいう「主体感」はそれぞれの時代時代にある「情緒」であり、例えば伝統俳句の復興が叫ばれた昭和四十年代の飯田龍太・森澄雄・能村登四郎、草間時彦らの清新な抒情作品には言外に現代性を感じさせる情緒が漂っていた。「主体感」などというと少し頭でっかちになりそうな気がする。

多分、鴇田が批判しているのは、「俳句αあるふぁ」二〇一八年秋号の「『平成』と俳句」と題した宮坂静生・長谷川櫂・対馬康子が行った平成回顧座談会に表れる俳句観であろう。この座談会は長谷川櫂が終始主導しているから、長谷川櫂の俳句観と言ってよいであろうが、彼は平成俳壇を「末期的大衆俳句」と言っている。

両者の違いは鴇田が平成俳句を自らの（あるいは自らの世代の）俳句として語っているのに対して、長谷川は平成を超越した俳人・長谷川が平成俳句という流行を批判しているという点に尽きているように思う。鴇田に対して共感を持つのは、常に俳句を語るものは自分を語ってこそ正直になれるからだ。兜太の乱暴な造型俳句論も、それが是か非かは別として、同時代を語っていたのである。上から目線で見た俳句観ではない。だから人を動かす力を持てたのである。

この違いは大きい。長谷川の視点から見た「令和の俳句」は暗い。明るく成りようがない。鴇田には薄明かりがさしている。

なお、「俳句界」五月号の「平成俳句とその後」の座談会は両者の中間にあるといえよう。というより、こうした座談会は、過去の回顧にはいいが、未来の展望を語るには向いている形式ではないような気がするのである。

湘子と登四郎、「鷹」と「沖」の分岐点は何か。

［R元・9］

山地春眠子の『「鷹」と名付けて――草創期クロニクル』（邑書林、二〇一九年）が出た。一九六四年（昭和三十九年）六月に創刊された俳句雑誌「鷹」の五年間（つまり六九年〈同四十四年〉まで）にわたるクロニクルをまとめたものである。「鷹」創刊から五十五年、初代主宰・藤田湘子が亡くなってから十四年たち、「鷹」創刊関係者も不在となり、湘子に関する記憶も薄れかけているときだけに、貴重な資料集であるといえる。山地は一九七六年（昭和五十一年）に「鷹」に入会しているから、直接この五年間のことを経験しているわけではないが、手元の貴重な資料をふんだんに使って執筆しており、公式資料集というにふさわしい。

そもそも「鷹」で劇的なのは、水原秋櫻子の厚い信頼を受け、「馬酔木」編集長を務めていた藤田湘子が、「馬酔木」と拠点の重なる東京で雑誌を発刊したことにより、わずか二年で「馬酔木」編集長を退任、三年目には「馬酔木」を辞退してしまったことであろう。この本からは、「鷹」の草創期の活気が分かる以上に、「馬酔木」内の複雑な人間関係が浮かび上がるのが興味深い。

読んでみると、一九六四年（昭和三十九年）三月、水原秋櫻子から「馬酔木」の新人育成・発掘を名目に「鷹」創刊の了解を得て、湘子、相馬遷子、堀口星眠、千代田葛彦、有働亨、澤田緑生、古賀まり子、小林黒石礁を発起同人としたにもかかわらず、その直後、雑誌創刊以前に、湘子や主要発起同人たちは秋櫻子から糾弾を受けていたらしい。「馬酔木」に在籍していた石田波郷からも、湘子は呼び出され注意されていたともいう。

その理由はよく分からないが、俳句結社固有の事情であることは容易に推測がつく。山地によれば、湘子の「馬酔木」同人辞退の影響は致命的であり、「鷹」創刊時の同人の六十四パーセントに当たる六十七名が、湘子の同人辞退によって「鷹」から退会していったのだという。発起同人の遷子、星眠、葛彦、亨、緑生、まり子、黒石礁らも一斉に退会していく。

この後の湘子の必死の努力によって、「鷹」の投句者数は回復していき、新人たちが台頭していくのだが、しかしこれは決して、当初、湘子の予期した姿ではなかった。なぜ、このようなボタンの掛け違いが生じてしまったのであろうか。

私は、藤田湘子と比較して能村登四郎を思い出さずにはいられない。まさに、山地のクロニクルの終わった翌年の一九七〇年（昭和四十五年）に、首都圏の市川で登四郎の主宰誌「沖」は創刊されたからだ。私は、山地と違い一九七二年(昭和四十七年)に「沖」に入会しているから、リアルタイムで資料を見ることもできたし、登四郎から話を聞く機会があったので、ここで少し語っておこう。

「沖」創刊に当たっては、登四郎は直前の湘子の失敗を十分に踏まえて慎重に準備を進めたという。創刊に当たって「馬酔木」の同人には原則、声をかけなかった。例外は林翔である。翔は登四郎と学生時代以来、刎頸の友の間柄で知られ、むしろ秋櫻子のほうから雑誌の編集長にせよと切り出したという。もう一人の例外は鹿児島の学校から登四郎に憧れて上京してきた福永耕二で、登四郎が世話して自分の学校に勤務させていたから、これも秋櫻子に異存はなかった。「鷹」と違って、登四郎の特別の縁故者以外いなかったのだ。こうした秋櫻子と「沖」の蜜月関係は、湘子不在のあと自ら「馬酔木」編集で忙殺されていた秋櫻子が、自分の後継編集長として耕二を指名することによって万全の信頼関係となったと考える。

では、なぜ湘子は失敗したのであろうか。これは、湘子の若き日の成功体験がむしろ災いしたのではないかと思っている。

一九四八年(昭和二十三年)に若い人材を求めていた秋櫻子の前に、魅力的な人材の藤田湘子が登場した。早速、湘子を中心として「馬酔木新人会」が結成された。メンバーは大島民郎、少し遅れてきた能村登四郎、林翔らであった。やがてこの新人会は、新人育成の雑誌「新樹」

を創刊する。一九四九年(昭和二十四年)二月を創刊号とし、私の手元には翌五〇年(同二十五年)一月の通巻九号まで残っている。この雑誌の編集長が藤田良久(湘子)であった。貧しい若手たちがなぜ長期にわたりこんな雑誌が出せたかと言えば、間違いなく水原秋櫻子の資金援助が入っていたためと思われる。

また戦後、「馬酔木」の若手指導は戦前からの篠田悌二郎(「野火」主宰)が行っていたが、この一九四八年(昭和二十三年)突然に石田波郷が「馬酔木」に復帰、「馬酔木」編集長に就任し、若手たちは波郷になだれるように傾斜していく。このためであろうか、篠田は「馬酔木」から離れていく。一方で波郷は「新樹」の編集ぶりから、自らの編集長後継者に湘子を考えたのである。

余談になるが、波郷はこの時、二人の若手のうち内に当たる雑誌編集を湘子に任せる一方、外に当たる協会への関与を登四郎に委ねたのではないか。登四郎に現代俳句協会の会員、幹事となる便宜を与え、最終的には金子兜太と現代俳句協会賞の共同受賞を果たせさせている。

言いたいのは、新人会での秋櫻子や波郷の湘子への信頼は、昭和二十年代の特殊な状況から生まれ抜擢されたことによるものだったということである。例えば「ホトトギス」でも、この時期、虚子によって次代のため清崎敏郎、深見けん二らの新人会が設立されている。

しかし昭和三十年代は状況が変化してきている。その代表例が昭和三十六年(一九六一年)の現代俳句協会からの俳人協会の独立問題である。戦前の人間探求派・新興俳句派が、金子兜太に代表される戦後派に警戒心を抱きだしたということを忘れてはならない。

優秀ではあっても湘子の無警戒な雑誌創刊の態度が気になる。特に遷子、星眠はその後の経緯から言っても、「馬酔木」の保守本流であったから、彼らを囲い込んだことは軽率であったと言わねばならなかった。湘子のために悔やまれるのである。

もちろん、外に向かった登四郎も、一足先に現代俳句協会の分裂によって、多くの友人と断交することとなり、登四郎言うところの「冬の時代」を迎えるのであるが。

彗星・秋野弘を、覚えているか。

［R元・11］

藤田湘子と能村登四郎については相変わらず関心が高いらしい。二人が「馬酔木」で登場した頃の記憶はほとんど無くなっているので、古い時代のことを書いてみたい。
昭和二十二年（一九四七年）に「馬酔木」新人会が秋櫻子の肝煎りで発足し、わずか二、三年の間に多くの新人が登場したのだ。新人は登場すべき時に集中的に登場する。

ぬばたまの黒飴さはに良寛忌　　能村登四郎
弥生尽追ひ着せられて羽織るもの
老残のことつたはらず業平忌
曇りゐてさだかならねど日脚のぶ　　藤田湘子
茶摘唄ひたすらなれや摘みゐつつ
秋風の路地や哀歓ひしめける

しら玉の飯に酢をうつ春祭　　水谷晴光
遠蛙愁ひはやがてあきらめに　　林　翔
門掃きて雷の来ぬ日の夕ながき　　馬場移公子

私は以前、能村登四郎、藤田湘子を調べるために、この時期の新人たちの作品を詳細に研究したことがある。若い世代の情熱が迸っているようで好ましいが、今になってみると印象に残っているのは、その後、名を成したこれらの作家たちではなかった。

片蔭をいでてひとりの影生まる　　昭和二十二年
光りつつ冬の笹原起伏あり　　昭和二十三年
ひさびさに来れば銀座の時雨る日
風荒れて春めくといふなにもなし
蝶の息づきわれの息づき麦うるる
青芝にわが子を愛すはばからず
七月のかなかななけり雑司ヶ谷
椎にほひ病むともなくてうすき胸　　昭和二十四年
見えねども片蔭をゆくわれの翳
夏ふかししづかな家を出でぬ日は

雪つもらむ誰もしづかにいそぎゐつ　昭和二十五年

ここに挙げたのは秋野弘という作家の作品だ。先に挙げた新人たちの作品は今になってみると言葉が先走って、当時の若い人たちの心情が本当は十分伝わっていないことに気づく。しかし秋野の句は、私でも辛うじて記憶にある、昭和二十年代の風景や心情に、ぴったりと寄り添った詠み方となっているように思う。孤愁の影が漂うのだ。

当時の新人たちが秋野の俳句についての批評で一様に取り上げているのは、そのリズムや韻律の美しさだ。登四郎や湘子がそれを無視しているわけではないが、登四郎や湘子は詠むべき内容が先行して、リズムや韻律を引き出すことに成功していない。これは天性のものというよりは、第二の特徴として挙げられる秋野の詠む内容が純粋の都会俳句であることが大きい。詠む内容があまりにも繊細なのだ。だから、「作品の線の細さが目立ち、スケールの大きなものを詠んでも小品に終わる」という批判もあるが、それは趣味の問題であろう。ささやかな市民生活で生まれる心理のゆらぎは、秋野でなければ掬い取れない。

秋野弘は戦前から句作していたようだ。戦後発足した馬酔木新人会では藤田湘子と並んでリーダーとなり、話題を呼ぶ句を多く作っていた。当時の「馬酔木」は昔の風景句から主観的・心象的人事句に移っており、秋櫻子さえそうした傾向に染まっていたのである。

一方、韻律に厳しい波郷が昭和二十三年（一九四八年）に「馬酔木」に復帰しているが、新人たちは波郷の句に関心を持っていたものの、波郷復帰以前にすでに馬酔木新人会の文体は確立していたようである。だから、当時の新人たちが口々に称賛するのは次のような句であった。

風荒れて春めくといふなにもなし　　秋野　弘

春愁のむしろちまたの人群に　　岡野由次

しかし秋野弘は、昭和二十五年（一九五〇年）五月をもって「馬酔木」への投句を廃止している。まだ「馬酔木」はその年の作品をまとめた年刊句集を出していなかったから何の記録もなく、秋野の生年も、出身も、句歴も詳細は分からない。三菱の俳句会に入っていたと言われているから、三菱系の会社員であったのだろう。当時、親しかった人たちもみな亡くなり、また秋野のことを記録に残そうとした人もいなかったから、秋野に関して分かることは、もはや「馬酔木」誌上に残った俳句だけということになる。

ではなぜ秋野は、「馬酔木」を辞めたのだろうか。当時の句を見ると患っていたらしくも思われるが、競い合った湘子、登四郎たちが昭和二十四年（一九四九年）末をもって一足先に新人賞を受賞し、自選同人に昇格していることにも原因があるかも知れない。とかく新人たちは、そうしたことに神経質となるからだ。

以後、秋野弘の名は二度と「馬酔木」で見ることはなくなる。いや、俳句界でも見ることもなくなった。彗星のように現れ、彗星のように消え去ったというべきだろう。ことによったら、後世、湘子や登四郎を凌ぐ俳人となっていたかも知れない。新人の扱いは、主宰者たるもの、注意が必要だ。

数少ない秋野の句を掲げてみたい。

散る花に麦生の風のあつまれる　昭和二十二年

かるの水尾かるの子の水尾つづきけり

ゆふだちのさなかにともり螢籠

遠雷となりてひぐらしに雨つのる

早春の風立ちやすし夜はあらび　昭和二十三年

藤波やきのふのほども風もたす

踊り子のひとりごつなり梅雨のこと

夏めくや何せしとなき手の汚れ

ふた重なり淡き雲あり十三夜

降りやめば夜はひとしほに春ふかし　昭和二十四年

人寄るに梅雨の冷えより来るしづけさ

若くしてうすものの膝のただしさよ

映画終へ暑さ動かし人等立つ

菊しろきしづかな寒さ見舞はれぬ
枯芝に影は肩寄すふれざるに

昭和二十五年

「切れ」よ、今日は・さようなら。

［R元・12］

「切字」と「切れ」は初心者によく分からない言葉である。何となくありがたそうに思える点では共通しているのだが、「切字」のほうは千年近い歴史があるのに対し、「切れ」は戦後せいぜい数十年の歴史しかない。「や」「かな」「けり」の「切字」については、否定的見解も含めて、芭蕉も子規も虚子も、秋櫻子も誓子も、草田男も楸邨、波郷も述べているが、「切れ」についてては彼らは何も言っていない。ただ、具体的な切字を議論していると、神学的・抽象的な切れという概念があったほうがいいように思えてしまうのである。

高山れおなは、『切字と切れ』（邑書林、二〇一九年）でこの違いを懇切丁寧に説明しようとするのである。もちろん、説明するだけでなく、特に「切れ」についての誤った教説を打破しようとしているのである。切字の体系書は浅野信が『切字の研究』（桜楓社、一九六二年）を出しているが、それ以来の本格的な著作だということである。

『切字と切れ』は二部からなり、〈第一部　切字の歴史〉、〈第二部　切字から切れへ〉に分かれている。第一部では連歌で生まれた切字が増加変質していき、芭蕉で一種の典型が生まれる歴史と、その中でも「や」という切字の構造を考察している。「古池や蛙飛び込む水の音」の解釈も行っている。第二部は、なぜ「切れ」という考察がなされるようになったかを、俳句ジャーナリズム、現代作家による切字の理解、国語学者の理解を示し、特に現代作家の「切れ」に関する妄説(もちろんこれは高山の評価だが)まで紹介している。

こんな難しいことを言っても俳句の初心者には理解が困難だろう。二つのポイントを示しておく。定型詩では短歌(五七五七七)は長い歴史を持っているが、その活動の中で二人で短歌を合作する連歌という形式が生まれた。これは前句(五七五)と付句(七七)をそれぞれに別の作者が制作するのだが、前句が短歌の一部でなく、独立した詩歌だと認識させるためには、前句と付句の間に切断が必要となり、そのために「かな」という語――切字が重用されるようになったのである。

もう一つは、連歌が発達していく過程で「かな」以外にさまざまな切字が発明されていった。「けり」「らん」など後世では十八種類もあるとされるようになるが、その中に「や」という助詞が含まれるようになった。芭蕉の時代になると、「や」を使った名句が頻出するのだが、困ったことに「や」は前句と付句とを切断するだけでなく、一句の中に置かれて、句を切断することになる（「古池や蛙飛び込む水の音」）。二句一章構造の発見となるのであるが、以来、「や」の機能は今もって定説がないという状況にあるのである。

もっとも「切字」については、川本皓嗣や藤原マリ子などの精緻な研究がなされているが、彼らは「切れ」についてはあまり言及していない。

「切字」や「切れ」が研究者や好事家の論争にとどまっているならば、ここで取り上げる必要はないが、「切れ」を俳句の制作に当たり必須とする長谷川櫂や復本一郎がいるために、高山れおな、仁平勝による「切れ」批判が現在、行われているのである。一見あまり実益ある問題ではないようにも見えるが、長谷川や復本は、切れのある句は、切れのない句より優れていると見ているようである。とりわけ、復本は切れのない句は川柳であるというのである（『俳句と川柳』講談社現代新書、一九九九年）。ここまで行くと、現代俳句の優劣、評価問題となるから深刻な問題となる。特に川柳作家は復本の発言に差別を感じているようでもある。

川柳問題は別としても、「切れ」は大きな問題となる可能性をはらんでいた。「俳句」二〇一九年十月号では「切れ」賛成の大特集「名句の『切れ』に学ぶ作句法」（総論執筆・山西雅子）が組まれ、一方、「豈」62号では「切れ」批判の特集を組んだ。後者では、従来の本格的な切字論の論客が登場したから、その結論を述べておこう。

川本皓嗣の説＝提案をいくつか挙げる。（1）芭蕉が愛用した古い切字を復活して表現的・

リズム的効果を生かす。(2)二段切れ、三段切れも切字に考えてよい。(3)季語同様、続々と新しい切字を案出したらよい。(4)切字のない句も多く作る。

仁平勝の説=(1)自分の、切れが必要という考えは変わりつつある。自分は今、虚子のような切れのない「平句体」にはまっている。(2)古い切字も、切れを生むための修辞でなく、異化効果を狙うものと考えている。

私自身は、切字は「文体」の一種であり、今後は切字や切れよりも、新しい「文体」を創出することが大事と考えている。ちなみに、近代俳句において最も挑戦的な表現者であった河東碧梧桐は、『八年間』という、八年間の作風変化の分かる句集で、当初、虚子以上に「かな」を使用したが、急速に「かな」が減少し、「けり」が増加し、やがて切字は一切用いず、最後は口語表現に変わっていった。詠む内容に応じて文体変化が連動したのである。

なお、高山の著書の最大の戦略的な間違いは、膨大詳細すぎる本を書いたために、この本は切字・切れを推奨している how to 本だと誤解されてしまうことである。現に、私の周辺でもそう思っている人がいる。あたかも『資本論』は資本家が金儲けをするための本と思われているようなものである。

【参考】俳句と川柳の問題に関しては、「俳句」二〇一九年五月号「座談会　平成百人一句」で、平成の名句として、なかはられいこの詠んだ九・一一の句(ビル、がく、ずれて、ゆくな、ん、てきれ、いき、れ)が候補に挙がったが、小川軽舟が「九・一一を詠んだ最高の詩の一つであることは疑いようがないです。でも川柳として発表されたものは川柳だと思います」、正木ゆう子が「詩としても句としても川柳としても完璧。これを伝えることが出来れば、今回の百句に入らなくてもいい」と言い合っていたことを思い出す。

兜太と龍太、生誕百年を迎える。

［R2・2］

戦後俳壇を代表する金子兜太と飯田龍太はともに二月を命日としている。二人の命日は、わずか五日違い。生没年を比較すると、

［兜太］大正八年（一九一九年）九月二十三日―平成三十年（二〇一八年）二月二十日（九十八歳）

［龍太］大正九年（一九二〇年）七月十日―平成十九年（二〇〇七年）二月二十五日（八十六歳）

となる。一年違いで誕生した。一年違いといっても七月から九月の間は同齢であるから同世代であるのだ。このため、昨年（二〇一九年）九月、秩父の皆野町で兜太百年祭が執り行われ、入れ替わって本年（二〇二〇年）は龍太百年祭ということになるのだろう。

兜太の出身は秩父の皆野町、龍太は甲斐の境川村という鄙びた地であり、父親は、それぞれ金子伊昔紅（本名・元春、医師）、飯田蛇笏（本名・武治、地主）という地域の名士たちであった。東京のインテリたちとは少し違う経歴であることも二人に共通している。戦後二人は戦後派世代の

代表と目された。もちろん、兜太が社会性俳句・前衛俳句として戦後俳句を牽引したのに対し、龍太は伝統派の総帥の立場に身を置いた。しかし、それぞれ単独で考えるよりは、いろいろな偶然によって二人を対にして考えたほうが興味深いと思う。

そのようなこともあり、俳人協会の俳句文学館で「よみがえる俳人たち――忌日特集」の展示が毎月、俳人の顔触れを替えて行われているのだが、二月（二〇二〇年）は私が企画担当をすることになったので、兜太と龍太を取り上げることにした。俳人協会の俳句文学館で、協会員でない兜太と龍太を取り上げることはなかなかよいことだと思う。二月に関わる戦後俳人はいろいろいるが、対となる二人としてはこの顔触れ以外にはぴったりとした俳人はいないだろうと思うからだ。

さらに、藤原書店から出されている雑誌「兜太Tota」の第四号（二〇二〇年三月刊行予定）では「龍太と兜太」をテーマに編集を進めている。単独ではともかく、兜太・龍太合同特集で関係者の発言や回想が同時に行われることは、あまり例がないことではないかと思う。

近代以降の俳句は、おおむね二人ないし三人の俳人を中心に時代が論じられることが多い。そうした対比で眺めることによって、時代を浮き彫りにすることができるというメリットがあるのだ。例えば明治から大正にあっては、虚子と碧梧桐ほどぴったりした対照はあるまい。大正末期から昭和初期の顔となったのは、４Ｓと呼ばれる秋櫻子・素十・誓子・青畝で、これは少し人数が多いようだが、ある人は秋櫻子・素十の対立に注目し、またある人は秋櫻子・誓子の二人に焦点を絞って論じていた。その後は、戦前から戦後の人間探求派の草田男・楸邨・波郷である。このような複数作家の対比により時代が一層くっきりする。

こうした例から見て、戦後俳句の二本の柱として、兜太と龍太を置くことは決して悪いことではない。それは俳句史というものに、ある一本のバックボーンを与えることになるからである。もちろんそれを絶対視することがあってはならないが、こうした通説的な基準がなければ、さまざまな議論も焦点が像を結びにくいからである。

歴史、特に列伝の記述方式には「対比列伝」という方式がある。特定個人に片寄りすぎた思いを持つと客観性を失ってしまうが、対比することによって、無批判な作家研究に多少とも客観性を持たせることができる。兜太と龍太はそれぐらい対照的な作家であった。

（1）昭和二十八年（一九五三年）以後（その青春）

一点に絞って考えてみる。昭和二十八年は戦後俳壇の分岐点に当たる年だ。発足したばかりの現代俳句協会が、初めて戦後派を受け入れた年なのだ、この時入会した兜太三十四歳、龍太三十三歳と脂が乗りきっていた時期だ。

この直後、昭和二十九年（一九五四年）龍太『百戸の谿』、同三十年兜太『少年』と第一句集を刊行している。そして出来て早々の現代俳句協会賞を、昭和三十一年（一九五六年）に兜太（第五回)が、同三十二年に龍太(第六回)が受賞している。

昭和三十六年(一九六一年)は、現代俳句協会が分裂し俳人協会が発足した、戦後俳壇の第二の分岐点となる年だ。翌年、兜太は同人誌「海程」を創刊、龍太は蛇笏の「雲母」を承継するのだ。

（2）平成(一九八九年―)時代(その晩年)

平成二年(一九九〇年)から俳壇は「結社の時代」という卑俗化の時代に突入する。それは実に熾烈な大革命であった。

その最中、龍太は、俳句界の態様の変貌に自ら責任を感じて、蛇笏以来七十七年続いた「雲母」を平成四年(一九九二年)に終刊するに至る。これは衝撃をもって俳壇で迎えられた。その後わずか二年で「結社の時代」は終焉する。

一方、兜太は昭和六十三年(一九八八年)から「俳句研究」誌上で龍太・澄雄・兜太の長期連載座談会を、平成二年(一九九〇年)から「俳句」で岡井隆と前衛の時代をめぐる長期連載対談を行う。誰も兜太に「結社の時代」の旗頭となることを期待していなかったから、実に軽やかに「結社の時代」を遊泳したことになる。その後、平成後半は「兜太の時代」が出現したのだ。これも見事な二人の晩年の生き方であった。

もちろんこれは私の一面的な見方に過ぎないが、しかしそうした時代感を生み出す魅力を二人は持っていたのである。

曼珠沙華どれも腹出し秩父の子　兜太
彎曲し火傷し爆心地のマラソン
おおかみに螢が一つ付いていた
大寒の一戸もかくれなき故郷　龍太
どの子にも涼しく風の吹く日かな
一月の川一月の谷の中

震災を蒙った私が、詠む。

［R２・３］

東日本大震災（二〇一一年）から九回目の三月十一日を迎えようとしている。東北の復興は未だ遅々として進まないうちに、オリンピックという饗宴で日本中が浮かれ上がっている。ここでいったん立ち止まり考えてみることとしたい。

震災後、俳句総合誌は幾つかの企画を行った。

（1）「俳句界」二〇一一年五月号「大震災を詠む」
（2）「俳句」二〇一一年五月号「励ましの一句」
（3）「俳壇」二〇一一年六月号「絆 がんばろう！ 日本」
（4）「俳句研究」二〇一一年夏号「東日本大震災に思う」
（5）「俳句年鑑二〇一二」二〇一一年十二月刊「東日本大震災、その時俳句は——」
（6）「俳壇」二〇一二年五月号「特集・震災で詠まれた百句」

一方、個人作品集では、長谷川櫂『震災歌集』(二〇一一年四月)、同『震災句集』(二〇一二年一月)、角川春樹『白い戦場』(二〇一一年十月)、小原啄葉『黒い浪』(二〇一二年五月)、五十嵐進『いいげるせいた』(二〇一二年十一月)、永瀬十悟『橋朧』(二〇一三年三月)、照井翠『龍宮』(二〇一三年七月)、高野ムツオ『萬の翅』(二〇一三年十一月)、渡辺誠一郎『地祇』(二〇一四年十月)などがある。後年の追悼募集句集としては、宮城県俳句協会編『東日本大震災句集わたしの一句』(二〇一三年九月)、俳句四協会編『東日本大震災を詠む』(二〇一五年三月)などがある。

こうした蓄積の中で、震災俳句に対する思索が始まる。その中で一番厳しい批判であったのが同人誌「オルガン」第四号(二〇一六年二月)の「震災と俳句」という特集である。「あなたは震災俳句についてどう思いますか。」に対し次のように答える。(詳細は、本書六二ページ以下で既述)

○宮本佳世乃

「震災や時事を取り扱った俳句について、感想を求められたときに何も言えなくなってしまう。ある意味暴力的だと思う」

○福田若之

「(〈双子なら同じ死顔桃の花　照井翠〉等の句を挙げて＝筑紫註)といった句は僕には受け入れがたいものです。それはこれらの句が、震災と同様に、かけがえのないもののかけがえのなさを脅かすものであるように思われるからです」

○鴇田智哉

読者として「俳句という形式は『震災俳句』に適していない」。作者として「以前と以後とで、私は確実に変わった。言葉を発する私自身が変わったのであるから、発せられる言葉も当然変わるに違いない」「私は『震災を』詠むのではなく、震災を蒙った私が『何かを』詠むのである」。

若い作家たちの意見には私も共感するところが多い。しかし、震災俳句が直ちに問題であるというよりは、震災俳句としてメッセージを盛り込もうとしたジャーナリズムや結社の姿勢・在り方が問題であるのであり、その俳句そのものが問題というわけではないだろう。

こんなところから、前述の俳句総合誌の特集の中で、「瓦礫みな人間のもの犬ふぐり　高野ムツオ」「津波のあとに老女生きてあり死なぬ　金子兜太」「なぜ生きるこれだけ神に叱られて　照井翠」のようなメッセージ性ある俳句を除外し、それ以外の震災俳句を眺めてみることとする。前述の鴇田のいう「『震災を』詠むのではなく、震災を蒙った私が『何かを』詠む」に関わった作品を見つけることができるだろう。震災俳句と断らなければ、それらは日常詠としか見えないのである。

それも夢安達太良山の春霞　　今井杏太郎
憤ろしくかなしき春の行方かな　　青柳志解樹

祈りとは心のことば花の下　稲畑汀子
春寒の灯を消す思ってます思ってます　池田澄子
雉子啼くやみちのくに暾のあまねくて　上谷昌憲
言の葉の非力なれども花便り　西村和子
にはとりの怒りて花をふぶかせり　和田耕三郎
かいつぶり岸に寄るさへあたたかし　対中いづみ
みちのくのみなとのさくら咲きぬべし　小澤　實
磯城島に未来は確と物芽出づ　稲畑廣太郎
啼きにくるさだかに春の鳥として　山西雅子
空高くから雨つぶよあたたかし　小川軽舟
かりそめの春の焚火もなかりけり　伊藤通明
いのち惜しめとゴッホの黄花菜の黄　加藤耕子
方円に水従はず冴え返る　倉田紘文
春は名ばかり何もできないもどかしさ　橋爪鶴麿
春暁の弥勒の指の震へかな　花森こま
東国をおもんばかれど春の闇　福本弘明

春北斗恨みの柄杓逆立てり　松倉ゆづる

三月の飛雪われらの顔を消す　菅原鬨也

たんぽぽや失語症にはあらねども　ふけとしこ

みちのくの風花微量にて無量　高野ムツオ

しずけさは死者のものなり稲の花　渡辺誠一郎

春寒くくづるるものを立てむとす　嶋田麻紀

片蔭を失ひ町は丸裸　白濱一羊

百年は一瞬記紀の梅真白　佐藤成之

蘆の角金剛力と人は言ふ　上野まさい

青麦は怖れるもののなきかたち　秋元幸治

真つ白な心に染井吉野かな　関根かな

生き残りたる火蛾として地べた這ふ　斎藤俊次

ありしことみな陽炎のうへのこと　照井　翠

フクシマのもぐらはうづらになり得たか　はるのみなと

初夏のテレビ画面にない腐臭　依田しず子

満開の桜からだのゆれてゐる　太田土男

龍天に登るにんげん火を焚けり　小島　健
火を創るは神の領域萬愚節　八牧美喜子
水恐し水の貴し春に哭く　手嶋真津子（「朝日俳壇」金子兜太選）
夏雲や生き残るとは生きること　佐々木達也（黒沢尻北高校・俳句甲子園）

（参考）阪神・淡路大震災の句
義援の荷獺の祭のごと並べ　千原叡子
ほんたうは拝まれてゐる寒さかな　落合水尾
寒塵のきらきら立てり死者運び　友岡子郷
節分の鬼も小犬もいる神戸　秦　夕美

震災に関する少し変わった考え方を取り上げたのは、二十五年目が経過した阪神・淡路大震災（一九九五年）と東日本大震災では微妙に違いがあると思われるからだ。それはメッセージ性のある俳句では比較が難しいが、こうした〈震災を蒙った私が詠む〉俳句では相違がはっきりする。阪神・淡路の「苦痛」に対し、東日本の「不条理」と言ってもよい。各自感じ取ってほしい。

結社は、どこへ行くのか。

［R2・4］

昨年(二〇一九年)の「俳句界」五月号「特集・平成俳句とその後」にこんな記事が載っている。「『結社の時代』という言葉を知っている人は、現在どれほどいるだろうか。……近年は『俳誌減少時代』に突入している。ここ十数年分の角川書店の『俳句年鑑』を調査したところ、『俳句年鑑二〇〇六年版』で俳誌数(同人誌も含む)は、ピークに達していた(八三五誌)。だが『俳句年鑑二〇一九年版』では、六〇七誌まで減少している。」(涼野海音「俳誌の減少に伴う座の変容」)

「俳句年鑑」に載っている雑誌の数で一概に結社の衰退を語ってよいのかはあるが、「俳句年鑑」二〇二〇年版を見るとこの数字はさらに減少して、五百八十九誌となっている。

そこで、「俳句年鑑」二〇一九年版と「俳句年鑑」二〇二〇年版を比較してその増減の変化を見てみると、次のようになる。

【減少】あかね、葦光、翌桧、鑛《あらがね》、あを、漁火、いづみ、海程、蕙《かざりぐさ》、雁、寒雷、季刊芙蓉、木の中、久珠《くみ》、黒部川、群落、けごん、月桃、黄鳥、彩、清の會、燦、山暦、椎、春光、たまき、丹、頂点、俳句饗宴、俳句新聞いつき組、梅林、白、芭蕉伊賀、花野、まいまいず、港、ゆく春、夢座、若狭、浮寝鳥、俳句原点、松毬、水城野

【増加】青岬、青山俳句工場05、海光、楓（丸山赤平）、風のサロン、五七五、コトリ、此岸、せせらぎ、滝山、綱、俳句集団itak、俳星会、パスカル、棒、まんまる、やぶれ傘、令和ゆく春、暦日、明、原点、春蘭会、松風、水鳥

具体的な誌名を見ると納得できるものもあるが、今更ながらにその変化の激しさに驚かされる。さらにこれらを十年間に限り推移をまとめてみると次のようになる。

雑誌数の他に指標となる自選五句掲載人数、そしてライバル誌「俳壇年鑑」の雑誌数（二〇二〇年版は未刊）も掲げてみた。なお「減少」とは厳密に終・廃刊した雑誌ばかりではなく、「増加」も創刊された雑誌ばかりではない。年鑑での雑誌名の消滅・出現だけを意味するが、およそのイメージは分かる。

「俳句年鑑」掲載雑誌数等の推移

西暦	雑誌数	自選5句 人数	（俳壇） 雑誌数
2020	589	637	——
2019	607	640	670
2018	633	656	700
2017	640	628	740
2016	650	637	760
2015	662	646	790
2014	673	662	790
2013	716	671	790
2012	770	694	790
2011	786	707	790

注意しておきたいのは「俳句年鑑」の掲載方針だ。私が俳壇というものに関心を持ち始めた一九八五年以降のことを回顧してみよう。

「俳句年鑑」は、一九八八年までは俳誌総覧に掲載されている雑誌数が二百五十誌程度であった。この頃は〈エリート結社誌〉総覧であったのだ。しかし、一九八八年に秋山編集長が就任し、一九九〇年「結社の時代」のキャンペーンを張った頃から、四百近い誌数に増えていく。これは秋山に協力して「結社の時代」特集に参加した結社が三百ほどあったから、その意味ではいわば〈秋山シンパの結社誌〉総覧の数字であった。その後、一九九八年に海野編集長が就任し大幅な年鑑の改革——結社を網羅し、本格的な結社の時代を企図したものだろう——をしてから七百七十四誌と倍増しており、いくばくもなく八百三十誌となっている。〈結社の時代〉が可視化された総覧と言える。「俳句年鑑」の掲載雑誌のピークは確かに涼野の言うように二〇〇六年前後であり、それからは減少している。これは参考に挙げた「俳句年鑑」のもう一つの指標である自選五句掲載人数もほぼ同じ傾向をたどっている。

しかしこれが、俳句界全体の活力を測る指標に直結するかはまだ疑問である。「俳句年鑑」のページ数は二〇一〇年の六百四十四ページから二〇二〇年五百四十二ページに大幅減少している。雑誌のページ数が百ページ以上も減少するのだから、記事内容が縮小しても当然のはずであった。この限りではむしろ編集方針の反映と言えなくもない。

したがって、これは他の媒体の数値と比較してみる必要がある。参考に掲げたのは本阿弥書店の「俳壇年鑑」であり、ここでは二〇一五年まで俳誌は横ばいで、それ以後「俳句年鑑」の数字より急速に減少している。また、すでに終刊してしまった「俳句研究年鑑」は、途中までの数字しか分からないが、一九九七年の七百五十二誌が二〇〇五年には七百誌に減っている。

年鑑の結社雑誌の動向の指標は、このように比較検討して初めて実体が分かるのである。ただその結論は、いずれにせよ俳誌は顕著に減少・衰退しているということだ。私が掲げた「減少」している雑誌に問い合わせればその理由もおのずと分かるはずだ。

しかしこうした事実は、はるか以前から分かっていたはずだ。「俳句年鑑」の結社数拡大に貢献した海野編集長は、当時こう語る。

「結社誌・同人誌の増加がそのまま俳句の隆盛を意味すると考えるのは、少し楽観的すぎる気がする。編集の現場にいれば、いわゆる『俳句ブーム』なるものがすでに終わっているのはあきらかである、と感じるのだ」(「俳句年鑑」二〇〇〇年版編集後記)

「結社の時代」以後、俳句ブームは衰退する。結社の時代から結社衰退の時代へ変わったのではない。結社を衰退させたのは俳句上達法特集にかまけた「結社の時代」キャンペーンそのものであった。我々はその三十年前のとがめを受けているのである。

小林貴子とコロナに触れて。

［R2・7］

小林貴子が『黄金分割』（朔出版、二〇一九年）により星野立子賞を受賞した。小林は、宮坂静生主宰の「岳」の編集長を長く務めており、現在は現代俳句協会の副会長でもある。『黄金分割』以前に、『海市』『北斗七星』『紅娘』の三句集を著している。宮坂主宰はこの句集を「もののあはれ」を俳句で詠うと称賛している。次のような句がそれに当たるであろうか。

若葉には若葉のもののあはれかな

葛引くと遠くが動く晴子の忌

練達な女性作家として、私は現在の俳壇では俳人協会常務理事の片山由美子と双璧ではないかと思っている。そういえば、二人とも独特の季語論を展開し、多くの著作をものしている。かつ私の季語論をそうした中で容赦なく批判してくれている点でもよく似ている。自らの主張には厳しいのだ。

さて俳句に関して言えば、小林の特色は、宮坂主宰の指摘にもかかわらず、アイロニカルな俳句、特に社会的な関心も強いことが挙げられる。その意味では、片山にはまねのできない特色である。過去にも「松本サリン忌ざりがにの忌なりけり」「土の降る町を土の降る町を」のような驚く句を示してくれていた。今回の句集も、多くの評者はそのうまさを称揚するが、俳壇では珍しいハードさに注目してもいいだろう。

地球の日珊瑚思ひのほか重し

桃見てフクシマ空見てフクシマ

二・二六の寒さを好きと宇多喜代子

夏ぐれや普天間飛行場遥拝

我も地衣類梅雨時は絶好調

かつて、協会や俳句総合誌が震災特集を組んだことはいかがなものかと小林に質問したところ、素直に同感してくれた。しかし、今回の句集でも小林に震災俳句はないわけではない。おそらく協会やジャーナリズムから離れて作者の良心として詠むことは是と考えているのであろう。

コロナ禍に関連して、「ここに句がある」「東京新聞」(二〇二〇年四月十八日付)で福田若之が、「俳句」に発表した中原道夫の「疫病禍」二十一句と野名紅里の「精鋭一〇句競詠」を比較している。中原のコロナ禍そのものを詠んだ句と、野名の「あんなところにからうじてつもる雪」を比較して、野名の作品に抜群の感じを受けたという。これは福田の、従来からのほぼ一貫した考え方だ。「騒動として詠まれることがあったとしても『雪』の句はあくまで『雪』の句だ」とし、安心できる言葉としてどうにか持ちこたえているとする。

さて、コロナ禍は、数週間で感染者数・死者数は劇的に増加し、今後の予測不可能性を特色としている。一方、この二か月の識者たちの言説は目まぐるしく変化し、何が正しかったのかは終息するまで分からない状況にある。この三か月間の推移を眺めてみよう。

（1）発生源は中国・武漢であり、その拡散が進んでも水際で制圧できると考え、日本では他人事のような意識が強かった。

（2）水際対策で失敗したのちは、感染源を追跡することで抑制しようとし、「コロナを制圧」「明るい社会でオリンピックを」が国民のキャッチフレーズとしてマスコミを賑わわせた。

（3）アメリカ、イタリア、スペインは歯止めが利かず、中国、韓国は一足先に収まったのに、日本は行方が知れない状況となった。テレビでは再放送と静止画像が提供され、オリンピック年であるにもかかわらず、スポーツ選手がスポーツでなく、自室での体操やエールで表現するようなわびしい風景が提供されるようになった。

（4）欧米で感染が横ばいとなり、日本もめどがついてきた一方で、先行国の中国・韓国で再流行が始まる。長い自粛、または繰り返しの自粛が予想され、「新しい生活様式」「コロナと共生」が新しいキャッチフレーズになった。「新しい生活様式」「コロナと共生」とは、長期にわたる倫理運動であり、酒食を共にした交際をせず、風俗産業に近づかず、怒号・絶叫・接触・接吻を伴う観戦興行をしないということだろうか。

五月に届いた俳句雑誌を見ると、ほとんど句会を中止している。七月までキャンセルしている例も珍しくない。一刻も早くコロナがやむことを期待し、それまで会員は我慢することを呼びかける主宰の声は悲痛でさえある。俳句雑誌にとって句会が開けないということがこれほど致命的と思わなかった。ネット句会が補完的に行われているが、主宰を頂く結社にはそれだけでは十分ではないのだ。

こうした中で若い俳人たちも、人生の予測不可能な「あてどなき社会」に入ることはありえそうである。福田の言う野名の「どうにか持ちこたえている」世界が持ちこたえ得るかは微妙なのである。これらに無関心ではいられない。だから俳句を詠むということは正当な生理である。いや、むしろ社会を詠むということは、メッセージを詠むことでも現象を詠むことでもなく、事件の本質を考えるということなのである。

私は半年ほどの間、小澤實の「澤」という雑誌の作品鑑賞を連載で行っていた。その最後にコロナをめぐる時期と遭遇したのである。作品欄にコロナの句も多く出始め、それらは俳句らしい諧謔に満ちた句が多かったが、唯一恐ろしいと思ったのは次の句である。

クルーズ船部屋に咳する我一人　安藤修一

俳句という不完全な詩型は、しばしば予言性に満ちているとも言える。それは作者の想像力が発揮されるからだ。その意味で、戦争を予告していた戦前の新興俳句に似ている。

二十五年後にも承継される俳人は、誰だ。

［R2・8］

私は、昨年（二〇一九年）八月号の「俳壇観測」で「平成回顧特集を並べて見る」を書いている。（「平成の一句、ダントツで兜太。」本書一三〇ページ）

二〇一九年五月一日をもって令和を迎え、多くの俳句総合誌が平成回顧特集を組んでいるところから、その比較を述べた。特に、平成俳句とは何だったのかを論ずるために、平成を代表する俳句・俳人が共通して挙げられたことから、その比較をしたものだ。少し繰り返しになるが、それぞれの特集を眺めてみよう。

（1）「俳句」二〇一九年五月号「さらば平成」

かなり幅広い年齢層の作家九十二人に「平成を代表する俳句」三句を回答させ、「平成の句ランキング」として俳句別・俳人別に集計している。このうち俳人別ランキングが、平成の人気俳人ということになるだろう。（1）兜太、（2）裕明、（3）狩行・ムツオとなっている。

（2）「俳壇」二〇一九年五月号「平成俳壇展望――次代に遺したい平成の俳句・俳書」

中堅俳人九人による「次代に遺したい平成の一〇句」を挙げている。数は少ない。俳人別の集計をしていないので、平成の人気俳人はすぐには分からない。

（3）「俳句界」二〇一九年五月号「平成俳句とその後」

若手四人による「平成を代表する七句選」を行っているが、やはり数が少ない。ここでも俳人別の集計をしていないので、平成の人気俳人はすぐには分からない。

平成俳人の人気ベスト10を期待していたのだが、そうしたえげつない人気投票は当今あまりはやらないらしい。また「俳句」の集計にしても厳密な意味での人気投票にはなっていないようだ。

興味深いのは、平成終了を控えて、「俳句界」が平成二十九年（二〇一七年）十二月で「平成俳句検証」として、俳人百七十五名に「平成を代表する俳人」を回答させていることだ。まさに平成俳人の人気ベスト10を示している。平成を代表する俳人は次のとおりである（氏名は物故者）。

【トップ9】

（1）金子兜太（二五票）、（2）宇多喜代子、鷹羽狩行（一〇票）、（4）田中裕明（六票）、（5）有馬朗人、関悦史、高野ムツオ（五票）、（8）稲畑汀子、正木ゆう子（四票）

【トップ10―29】

（10）池田澄子、茨木和生、今瀬剛一、大峯あきら、櫂未知子、片山由美子、岸本尚毅、安井浩司（三票）、（18）飯田龍太、鍵和田秞子、神野紗希、後藤比奈夫、攝津幸彦、津川絵理子、鴇田智哉、中原道夫、夏井いつき、夏石番矢、波多野爽波、深見けん二（三票）

さて、いまさらながらの人気ベスト10を探し出したのは、今（二〇二〇年）から二十五年前には、やたらとベスト10が盛んだったからだ。当時、「結社の時代」と言われ、結社の代表である主宰者の格付けが行われていた。総合誌でも主宰者の評価を競わせていた。角川書店「俳句」平成四年（一九九二年）十一月号では平成四年度人気俳人アンケートを発表している。なんと読者から千六百八十一通もの回答があり、そのアンケートを集計したものである。その前年の平成三年にも行っている。当時の俳壇からすると至極納得できる顔触れだ（ここでは氏名は現在〈二〇二〇年〉存命中の人を示す）。

【トップ10】

（1）飯田龍太、（2）森澄雄、（3）能村登四郎、（4）加藤楸邨、（5）鷹羽狩行、（6）角川春樹、（7）阿波野青畝、（8）藤田湘子、（9）金子兜太、（10）岡本眸

【トップ11—20】

（11）稲畑汀子、（12）桂信子、（13）上田五千石、（14）鈴木真砂女、（15）石田波郷、（16）細見綾子、（17）山口誓子、（18）石原八束、（19）高浜虚子、（20）清崎敏郎

【トップ21―30】

(21)有馬朗人、(22)草間時彦、(23)黒田杏子、(24)森田峠、(25)飯田蛇笏、(26)与謝蕪村、(27)沢木欣一、(28)松尾芭蕉、(29)中村苑子、(30)星野麥丘人、[番外]水原秋櫻子

二十五年がたつと、俳人の人気はどのようになるのであろうか。著名な作家から眺めてみよう。芭蕉、蕪村はすでに古典の世界の人であるが、二十五年前にはそれでも人気作家に挙がっていたことはちょっと驚く。子規は全くの番外であったが、虚子も二十五年前は低位であり、現在は全く人気がない。秋櫻子も誓子も二十五年前から凋落の傾向がはっきりし始めた。龍太、澄雄は二十五年前には絶頂期にあったが、現在では龍太も低位にあえぎ、澄雄の名を挙げた人は皆無である。新興俳句系の作家は、特集した総合誌の傾向から言ってもほとんど挙がらない。特に俳人協会に移籍した三鬼・不死男・静塔らは誰も名を挙げられていないようだ。草田男も、4Tもいない。

それに引き換え、兜太、狩行、朗人、汀子、比奈夫は二十五年をかけて次第次第に人気を上げてきている。つまり俳人とは、長生きをし、活動を不断に続けることこそが大事だということなのだ。死んでしまってはお話にもならないのである。

不思議なのは、田中裕明、攝津幸彦が若くして亡くなったにもかかわらず、人気俳人に食い

込んでいることだ。若くして亡くなっても伝説が生まれれば、不滅の栄誉が付いてくる。

問題は、今回人気俳人に挙げられた人たちが、さらに二十五年後にどういう評価を受けるかである。芭蕉、蕪村も、子規、虚子も、人気という点では没後、褪せないはずはない。虚子の名誉を汀子が、蛇笏の名誉を龍太が、楸邨の人間性・反骨を兜太が承継したような例は、今後めったにないということなのである。

であるとすれば、大作家の評価とは、身内や門葉による成功ではなく、みずからの文学運動がどのように時代に承継されてゆくかということではなかろうか。

有馬朗人、逝去。

［R3・2］

有馬朗人の突然の訃報が入ってきた。(二〇二〇年)十二月六日、享年九十。主宰誌「天為」では(二〇二一年の)新年号から新しい連載「全ての人に教育を」を始めているし、大半の総合誌の一月号には新春詠を寄せている。誰にとっても予想外の逝去だったのである。

あまたある俳人の中でも、有馬は世間的には取り分けて知名度が高かった。それは俳人としてのみならず、科学者として、文部大臣として、東大総長として多面な顔を持っていたからだ。文化人として最大の名誉である文化勲章も受賞している。もちろんこれは科学者としての受賞であり、俳句の面ではないのが本人としては残念だったらしいが。

有馬と私の付き合いは長い。多面な顔と言ったが大きく言えば、（1）科学者、（2）教育者、（3）俳人の三つである。私は、教育者としての面はほとんど知らないが、科学者の面については、私の仕事の関係で有馬の諸論文を読み、インタビューを重ね、有馬朗人評伝(二〇一八年）を編んでいる。これは亡くなられてみると存命中の最後の評伝となってしまったようである。

一方で、俳人としての付き合いも、弟子以外ではかなり早くから始まっていたと思う。私は一九九八年にインタビューをしている（「いま俳句に思うこと」〈「俳句界」一九九八年八月〉）。ここで面白い話を聞いている。それまでの人生を回顧して、自分（有馬）の第一の立志は十五歳の時で、そこで物理学を志し、これは成功した。五十歳の時に第二の立志をし、六十歳までに更に学問に新しいものを加えようとしたが、これは完全に失敗した。

有馬（略）なぜかというと、十年は短過ぎる。十年のうちに学んで十年のうちにその成果を出して刈り取ろうなんて無理でした。そこへもってきて理学部長だとか、いろんなものをやるようになったから、ますます駄目でした。そこで六十になった時に、どうしたかというと、九十歳まで生きることにする、というのが第一次の志（笑）。三十年を与えてくれ！　天よ、我を三十年、生かしめよ（笑）。

その理由は、十年間仕込むことに使えば何とかなる。あとの十年でそれを実現する方向にもっていく。最後の十年で楽しもうと。その約束通り、九十歳で人生を全うした。本望であったと言えるのではないか。

有馬は東京大学に入って、俳句では、山口青邨に師事し「夏草」に投稿していた。青邨門では古舘曹人との交友が長く、曹人との関係から、結社を超えた雑誌「子午線」に参加、さらに俳人協会新世代の句会「塔の会」に参加して視野を広げていった。しかし、これだけでは有馬の世界は生まれてこない。

有馬（略）私は率直に言って、前衛も伝統もそんなに差はないという認識を持っています。ご質問から逸脱してしまうけれど、私自身は西東三鬼にいちばん影響を受けたんです。少なくとも精神的な影響はね。

筑紫　それは初めて伺います。

有馬　ご存じないかたも多いと思う。もちろん虚子とか青邨、それから草田男、誓子からも常識通り影響を受けましたけれど、中でも感覚的な鋭さという点で、西東三鬼だったんですね。詩の方は完全に西脇順三郎だった。西脇順三郎の感覚が、私に一番ぴしゃっとくるところでしたね。そういう意味で考えてみると必ずしも、「ホトトギス」あるいは「夏草」という伝統の中に浸っていたからといって、そういう伝統的な手法で俳句を作っていたとは言えないと思うんですね。例えば「水中花誰か死ぬかも知れぬ夜も」とか、よく青邨、採ってくれたと思いますよ。あるいは「砂丘ひろがる女の黒き手袋より」なんていうのもあります。こういうのは、一方で西脇的なもの、一方で三鬼的な世界に憧れていたわけですね。そうしてみると私は、必ずしも伝統と前衛とが、ぴしゃっと分かれてしまうものじゃなくて、どこかで詩というものを媒体にしてつながっているだろうと思っていたわけですね。ただ、ある時期からそれを反省しだした。「天為」よりちょっと前ですが、「鶴」の連中に影響を受けてね。

成功したかどうかは別として、あらゆる方面に関心を持つということは、「ホトトギス」にはない特色である。指導した「東大俳句会」や「天為」で育った若手たちが決して型にはまらなかったのも、うなずけるのである。

しかし、科学の世界の有馬を眺めると、それだけでは済まないものがあることに気づく。有馬の物理学の研究が優れていたことは間違いないだろうが、それは研究者としてはざらにあることだ。

有馬が行ったことは、なぜ自分の研究が優れているかを知ろうとしたことだ。若き日にプリンストン大学やニューヨーク州立大学に招かれたとき、なぜ自分が招かれたのか、なぜ優秀と見なされたのかを考え、大学の図書館に通い詰めて、当時、出始めたばかりの、一九六四年に事業化した学術論文雑誌の評価方法(学術論文データベースによるインパクトファクター)をいち早く利用し、自分の研究、さらにはこれから成果を生むであろう研究を発見する手法を見つける。

それは、研究論文の末尾に掲載される引用論文が価値を決めるという考えであり、当時、有馬が発見したものである。これはその後「論文は引用されてこそ価値があり」(「科学朝日」一九八七年八月号)として発表され、現在では研究者・大学の価値はほとんどこれによって決まるようになっていった。

もちろん自然科学の論文と人文科学の論文、ましてや文学作品とは全く異なるが、人間の精神活動を評価する決定的な方法を提示したのである。

文学に言い換えれば、作家が優れた作品を作ることは当然、大事であるが、社会的にはこうした優れた作品を優れた作品としてどのように評価するかはもっと重要だということなのである。どんなに優れた作品でも、評価され世に出ていかなければ、存在しないに等しい。文学の盛衰はこうして決まっていくからだ。有馬の晩年の関心はどうもそこに及んでいたようなのである。

短詩型はかく表記される。

［R3・3］

我々一行の俳句を作る作家でも、色紙に書く時には何の疑念もなく多行で書いている。これは一種の装飾とも考えられるが、これを俳句や詩の本質と考えようとする人たちもいる。最近、表記法をめぐる特集が一斉に行われた。伝統俳人たちにあまり縁がないように思われるかもしれないが、色紙を書く前に考えてみたい。

一つは、「ＬＯＴＵＳ」第四七号（二〇二〇年十二月）の特集「多行形式の論理と実践〈作品篇〉」である。巻頭随筆「主題と方法――『多行俳句形式』に向けて」を酒巻英一郎が執筆し、「ＬＯＴＵＳ」内外の十人が作品を発表している。作品中心なのだが、酒巻の短い随筆が、高柳重信亡き後の多行俳句の活動を手際よくまとめている。

特集に参加している林桂は以前、『俳句詞華集　多行形式百句』（風の花冠文庫、二〇一九年）という力作をまとめている。これによれば、雑誌で初めて多行俳句が発表されたのは「層雲」の荻原井泉水作品(大正三年)、多行句集をまとめたのは高柳重信の『蕗子』(昭和二十五年)だとする。

いずれにしろ、多行俳句の歴史は古いが、九堂夜想が「ＬＯＴＵＳ」編集後記で「書き手も発生当初より少数派であったものが今ではおよそレッドデータ状態にある」というのが正直な感想であろう。

身に沁む　　　高原耕治
聴雪
いくそばく
華厳をめぐり

もう一つは、「青群」第五七号(二〇二〇年秋冬)の「特集『分ち書き』再考」である。伊丹三樹彦が一昨年(二〇一九年)亡くなり、伊丹のすすめた「分ち書き」俳句の精神を見直そうとするものである。伊丹や有力同人の議論を再掲するのだが、特集の大きな動機は、伊丹の追悼文に寄せられた坪内稔典の分ち書き俳句批判があると言う。坪内は知られるように伊丹の門下を代表する現代作家だ。彼が行った批判が反発を呼び起こしたのだ。ただ編集部では、「分ち書きという技法は俳壇で冷遇されており、三樹彦が目指していた『俳壇の新常識』になるのには程遠い状態にある」と述べ、前述の九堂と同じ感想を漏らしている。

伊丹は論文「俳句の分かち書きについて」(「俳句研究」一九七〇年十一月号)では、一九五九年(昭和三十四年）の記事の中で自ら提案したと言っているが、分ち書きの歴史はもう少し古く、富澤赤黄男、楠本憲吉にも見られるはずだ。読点や「！」も含めれば加藤郁乎が愛用しているのはよく知られている。

冬日呆　虎陽炎の虎となる　　赤黄男

争へば火の鳥めくよ　夜の女　　憲吉

白鳥は来る！垂直のあんだんて　　郁乎

古仏より噴き出す千手　遠くでテロ　　三樹彦

こうした新表記方式が絶望的かどうかは、詩歌全般に視野を拡大すれば少し見方が変わってくる。石川啄木は歌集『一握の砂』（明治四十三年十二月）において三行書きを実践したことで知られている。しかし、土岐善麿ローマ字歌集『NAKIWARAI』（明治四十三年四月）が三行書きで先行している。善麿の強い影響のもとに『一握の砂』は編まれたのだ。当時の青年歌人にも彼らの影響は圧倒的で、宮沢賢治さえ、『一握の砂』上梓直後から三行書きの短歌を書き始めているほどだ。

東海の小島の磯の白砂に　　啄木
われ泣きぬれて
蟹とたはむる

Waga gotoki Yonotsunebito wa,　　善麿
Modae sezu,
Metorite, umite, oite, shinubeshi!

大正・昭和期になると啄木・善麿の系譜とは別に、「アララギ」と対立した「日光」同人たちが、それぞれに新しい表記法を採用している。

葛の花　踏みしだかれて、色あたらし。この山道を行きし人あり　　折口信夫

自然がずんずん体の中を通過する——山、山、山　　前田夕暮

かすがの　に　おしてる　つき　の　ほがらかに　あき　の　ゆふべ　と　なりに　ける　かも　　会津八一

このように見ると、短歌の新表記作品は俳句と違い、かなり一般読者に普遍性をもって受け入れられているようなのだ。

さて、俳句、短歌の表記方式を考えると、結局、これは詩歌全般の課題であることが分かる。こうした問題を、個別の分野ではなく包括的に考えたのが、秋山基夫の『詩行論』(思潮社、二〇〇三年)だ。なにしろ、「詩の一行の長さは誰が決めるのか」を副題とするこの論は視野が広い。何人かの詩人や研究者の著作を吟味したうえで、秋山としての考えを提示している。それは、「詩の一行は私の息の長さが決める」というものだ。秋山が参考にした文献は比較的多く

上代の歌謡について触れているから出た結論かもしれない。朗読唱和に向いた詩には当てはまりそうだが、短歌や俳句——特に俳句についてはどうであろう。しかし、深夜、一人で読み上げる俳句については、この気分が分からなくはない。沈潜した気息が浮かび上がるのだ。

たとえば啄木は、単に三行詩を発明したというだけでなく、短い生涯の間に三行はどんどん発展し、全く違う短歌へと向かっている。多行俳句も分ち書き俳句も成長発展してゆくことが、詩行論では保証されるのである。

病より、隔離と差別が悲劇を生む。

［R3・5］

新型コロナウイルスの陽性者が報告されてから一年がたつ（二〇二一年四月時点）。感染者数は、第一波・第二波・第三波と表れているので、そのピークを見てみよう。ここでは、数字は全国平均ではなく東京を選んだ。マスコミでも東京の扱いが大きいためである。

第一波　二〇六人（二〇二〇年四月十七日）

第二波　四七二人（二〇二〇年八月一日）

第三波　二五二〇人（二〇二一年一月七日）

これは各波のピーク時の感染者数とその日付を示しており、第三波は凄まじい。では第三波は完了したのであろうか。感染症はピークではなく、波がどう続くかが大事だ。三百人超（土日を除く）の感染者を見てみる。第一波は三百人を超えることはなかったから波とも言えなかったかもしれない。第二波以降は凄い。

第二波　三〇〇人超（二〇二〇年七月二十三日―八月二十日）
第三波　三〇〇人超（二〇二〇年十一月十一日―進行中）
第二波は一か月、第三波は五か月を超えて二〇二一年四月現在も進行中、リバウンドを考えるとコロナは終息の兆しも見えないのである。

では、俳句への影響はどうなっているか。私の手元に、ある俳句協会の地方支部の詳細な活動が届いた。会議の六件は中止、俳句大会の三件は通信で開催または中止だそうだ。今後の年度内の予定は、会議は未定三件。令和三年度事業予定も十二件というが、これらは今では見通しもつかないであろう。その一方で、会員数も激減しているという。不思議なことに、財政は黒字だそうである。曲がりなりにも会費は集まった。事業をしないから支出がなく、差し引き黒字だというのである。これは笑うに笑えない状況だ。

最も大きな組織である俳人協会、現代俳句協会を見てみよう。全国的な俳句大会はもともと郵送の応募だから問題はないが、大会・表彰式・懇親会は開かず、通信で結果を発表している。

講演会や研修会は集合しないではできないので、おおむね中止している。

運営に関わる理事会や委員会、審査会などの会議は、緊要なものはリモートと対面を組み合わせて対応している。特に高齢者が多いから、パソコンを使ったリモートに完全に切り替えるわけにはいかず、しかしそうして集合するには、感染すると危険な高齢者（特に後期高齢者）が多いという、二律背反を抱えている。だから、緊要性の低いものは中止となっている。句会については、ネット環境が便利であることがやっと浸透してきて、俳人協会も現代俳句協会でも青年部や若手を中心に、ＺＯＯＭによる句会、夏雲システムによる句会が始まったようである。高齢者は意図的でないにしろ外されているようだ。

こうした中で、活字媒体は息を吹き返す気配にある。しかし、それも協会ごとの事情もあるようだ。印刷物の代表例として、俳人協会の「俳句文学館」、現代俳句協会の「現代俳句」、日本伝統俳句協会の「花鳥諷詠」を見てみる。

俳人協会の「俳句文学館」はタブロイド判八ページの機関誌(定価千円)である。諸行事の報告が中心であるが、そもそも事業が減っているために内容は、コロナ禍以前の記事や、昔の記事の転載が多い。

現代俳句協会の「現代俳句」はＡ５判の立派な冊子(定価六百円)である。「俳句文学館」同様、諸行事の報告もある。もともと論考や批評が圧倒的に多いため、行事が減っても全体への影響はほとんどない。現代俳句協会員以外の著名な書き手も多く、むしろコロナ時代に入り、充実している感じがある。ちょっとした総合誌の趣がある。現代俳句協会は俳人協会に比べ若手評論家が多く、彼らによる刺激的な評論も多い。もちろん人によっては特定の傾向性が強いという批判もあるだろう。面白いことは面白い。

日本伝統俳句協会の「花鳥諷詠」は、当然のことながら虚子を中心とした内容であるが、減ページしている。

コロナに匹敵する感染症は百年前に流行したスペイン風邪と言われている。栗林浩が「コロナ禍と俳句あれこれ」（「現代俳句」二〇二〇年八月号）でスペイン風邪の文学への影響を挙げており、スペイン風邪に芥川龍之介、久米正夫は自身が罹患、与謝野晶子は多くの子供が罹患した。大須賀乙字はスペイン風邪で亡くなったという。ただ栗林が挙げる資料では割とみなのんきであり、コロナに比較すべくもない。川端康成など、スペイン風邪を避けて出かけた伊豆の旅行で「伊豆の踊子」を書き上げたという。

一方、スペイン風邪以前に、何度も繰り返し発生したのがコレラである。

コレラ怖ぢて綺麗に住める女かな　　虚子
コレラ船いつまで沖に繫り居る
コレラの家を出し人こちへ来りけり

虚子もこんな句を詠んでいるが、これらもどこか緊迫感は薄い。

むしろ、コロナに匹敵する悲劇を生んだのは結核（肺病）ではなかったかと思う。徳富蘆花の『不如帰』は浪子と武夫の悲恋で有名である。モデルとなった大山信子（大山巖元帥娘）と三島彌太郎の実話では、感染を恐れた彌太郎が離婚を言い渡し、大山家の激憤を買ったという。

俳句に縁の深いところでは、寺田寅彦の妻・夏子が妊娠と同時に感染し、高知に住みながらも隔離され、寅彦と会うことができなくなった。寅彦は後年、名品「團栗」でその若く美しく無邪気な妻のこの時の思い出を語っている。

高知での夏子はその住む家の大屋から、肺病患者は家に置けぬという理由で追い立てを食い、その後、移転を決めた桂浜でも同じクレームを受け心労する。肺病に対する当時の差別意識は凄まじいものであった。この時、駆け回ってくれたのが寅彦の老父であった。

やがて東京に戻った寅彦は、結局、夏子の最期を看取ることはできなかった。

ただ言っておきたいのは、夏子を夫や子供と隔離しても、父母も、寅彦も、いや夏子本人も理不尽だと感じていないことだ。不合理なことである。しかし、肺病にはこうしたエピソードが数知れずあった。病気の恐ろしさ自身もあるが、隔離と差別——これこそが最大の悲劇であった。

【参考】本書は時評であるためにこの期間中にしばしばコロナ問題が書かれているが、それぞれに断片的記述になっているので、ここで、コロナの国内クロニクルを掲げておく。

◆二〇二〇年(令和二年)◆

［一月十五日］日本国内で初の新型コロナウイルスの陽性者(中国武漢への渡航歴のある三十

代男性）を確認。

［二月四日夜］クルーズ船ダイヤモンド・プリンセス号が乗客の下船を延期。乗客と乗務員計三千七百十一人が船内に十四日間滞留。

［三月二日］安倍晋三総理が小中高校の臨時休校を要請し、全国の小中学校が休校になる。

［三月十三日］新型コロナウイルス特措法が成立。

［三月二十四日］国際オリンピック委員会（ＩＯＣ）と安倍総理が、東京オリンピックの延期で合意。

［三月二十九日］志村けん死亡。

［四月から］ガーゼ製布マスク（アベノマスク）の国民への配布を開始。

［四月七日］東京都など七都府県に緊急事態宣言が発出。「緊急経済対策」が閣議決定。旅行・飲食・イベントなど「Go To キャンペーン」が開始されるが、以後、緊急事態宣言と併せてブレーキとアクセルに例えられる批判を受けた。

［四月二十三日］岡江久美子死亡。

［九月十六日］菅義偉内閣発足。

◆二〇二一年（令和三年）◆

［二月十三日］新型インフルエンザ等感染症に指定され、全数把握対象疾患となる。

［二月十七日］新型コロナウイルスのワクチン接種が開始。

［七月二十三日］東京オリンピックを開催。八月八日まで。

［十月四日］岸田文雄内閣発足。

◆二〇二二年（令和四年）◆

［八月十九日］感染者数二十六万千四人（第七波）。現在までの全期間中一日当たり感染者数最多。

◆二〇二三年（令和五年）◆

［一月十四日］死亡者五百三人（第八波）。現在までの全期間中一日当たり死者数最多。発生以来現在まで、国内の累計感染者数が三千万人、累計死者数が六万人を超えた。（参考）スペイン風邪の日本での全患者数二千三百万人、全死者三十八万人とされている。

［四月一日］新型コロナ感染者の死亡情報を人口動態統計を用いて収集することに。

［五月八日］新型インフルエンザ等感染症から五類感染症への移行を決定。

◆二〇二四年（令和六年）◆

［六月五日］二〇二三年の人口動態統計（概数）で、新型コロナによる累計死者数が十万人を超えたとされる。

［十月二十四日］五類移行後の一年間で、新型コロナの死者数が三万二千五百七十六人となったことが、人口動態統計で明らかに。

なお、コロナウイルス（Coronavirus）と呼ばれているものの種類を参考に掲げておく。

（1）風邪のコロナウィルス（HCoV-229E、HCoV-OC43、HCoV-NL63、HCoV-HKU1）、（2）重症急性呼吸器症候群コロナウイルス（SARS-CoV）、（3）中東呼吸器症候群コロナウイルス（MERS-CoV）、（4）新型コロナウイルス（SARS-CoV-2）［このウィルスによる疾病（Disease）は、欧米での呼称は「COVID-19」、日本での呼称は「新型コロナウイルス感染症」。］

協会に入ろう。どんどん入ろう。

［R３・８］

俳壇の主要な協会は三つある。現代俳句協会、俳人協会、日本伝統俳句協会である。それぞれの毎年の活動は「俳句年鑑」に紹介されているが、三つの協会の直接の比較はこれではよく分からない。ここでは、その現況を設立年順に述べてみよう。まず会員数から。

現代俳句協会は、二〇〇二年(平成十四年)、九二九九人(過去最高)であったが、以後三、四年で千人を減少させるトレンドが続いている。二〇二〇年(令和二年)で四六八三人となっており、近い将来、四千人台を割る危険性も高い。

俳人協会は、創設以来、会員数は増大を続け、二〇〇八年(平成二十年)までは、三、四年ごとに千人の増加が続いていた。しかし、二〇〇九年(平成二十一年)以降の十二年間は一万五〇〇〇人台と横ばいで、特に二〇二〇年(令和二年)は二百六十九人の減となっており、危機意識が強い。

日本伝統俳句協会は、創設時の三六〇〇人から会員数は減少する一方であり、現在(二〇二一年）は二五〇〇人程度で、危機的状況にあると言われる（大久保白村前副会長談）。

だからこのようなトレンドは、俳壇人口全体の趨勢と考えられるのである。コロナ後の俳句関係の諸協会の状況は、事業が縮小しているから黒字化は続くが、それでは魅力がないから会員数は減少する。結果的には悪循環で、いずれ協会事業そのものが縮小減退しかねない。

各協会が行っている事業はおおむね類似している。賞の授与などの顕彰、大会・句会の開催、講座の実施、図書や紀要の刊行、図書の収集と閲覧機会の提供、機関誌の刊行などである。しかし、出版社や自治体が行うものよりはきめが細かく、私も重宝するものがあった。ニーズがある以上、ぜひ継続してほしい。

さて、このように協会員が減少しているのだから、協会はいろいろな場で入会を促進したほうがいい。特に中高年俳人への対応は不可欠だ。以下では、現代俳句協会と俳人協会の二つについて考えさせていただこう。

俳人協会は会員数一万五〇〇〇人の天井を打ってから危機意識を高め、同人雑誌・無季俳句をあえて排除しない方針に転換している。前衛無季の同人誌にも推薦の依頼が二、三年前から来ている。原理原則を曲げてでも会員増強を図るというアグレッシブな姿勢が、俳人協会にはあるようである。

その意味では、両方の協会へ入会することもいいのではないかと思う。どこに帰属するかの最後の選択は入会してから選べばいいのだ。ただこのためには、両協会の活動を客観的に比較できるデータが整備されることが必要で、それを踏まえて、会員が合理的な判断をすればいい。協会員であっても、現在、両協会の違いを的確に把握しているか、やや疑問だからである。

結局は協会への帰属を決めるのは、会員がそれぞれの協会からどれだけサービスを得られるかの、合理的判断による。逆に協会としては、会員を引き付けるサービス提供が必要で、ことによると協会同士のサービス合戦となるかもしれない。しかしそれは、会員が喜ぶことである。

印刷媒体を使った機関誌活動は現代俳句協会が俳人協会に対して優勢であるが、会員においてどれほどそれを自覚しているか、かつそれを有効活用した戦術がとられているか、やや疑問である。また、現代俳句協会では若手会員増加に伴い青年部の諸活動が顕著であるが、これにならって俳人協会も、二〇二一年(令和三年)度より組織としての「若手部」を設置し、オンライン句会、ネット句会などの勉強会も開く予定だという。これもいいことだ。

こんなことを言うのは、大久保白村の提言を読んだからである。大久保は、日本伝統俳句協会が敵を研究せず、己を過信して会員数に危機的状況をもたらした。この際、日本伝統俳句協会と俳人協会に同時在籍する会員に「俳人協会の魅力」を書かせたらいいというのである(「沖ゆくらくだ」二〇二〇年十月号)。誠に至言である。

両協会へ入会したらいいと言うと、現代俳句協会は前衛、俳人協会は伝統で対立するから、同時に入会するのは無理だと言う人もいるが、それぞれの根本規則を見るとそうしたことはないようである。目的で見る限り二つの協会はあまり変わりなく、伝統とか有季とか、前衛の言葉も出てこない。

「この会は、現代俳句の向上を図るとともに会員相互の親睦を深め、文化の興隆に寄与することを目的とする」（現代俳句協会規約第三条）

「この法人は、俳句文芸の創造的発展とその普及を図り、もってわが国文化の向上に寄与することを目的とする」（俳人協会定款第四条）

現に二つの協会に入会している人も多い。協会幹部より会員のほうが進歩的なのである。

【参考】現代俳句協会は発足以来任意団体であったが、二〇二三年（令和五年）三月、一般法人となり、次の通り定款が定められた。

第3条（目的）当法人は、現代俳句の振興の重要性に鑑み、俳句文芸に関連する調査、研究を行うとともに、俳句文芸への認知向上、ならびに文芸活動及び文化生活に寄与することを目的とし、その目的に資するために、以下の事業を日本全国及び海外において行う。

以下の（1）から（11）は、省略。

空白の五十年が、やってきている。

［R3・9］

現在、俳句史というものが見えなくなってきているということをよく聞く。俳句史が見えないということは、俳句の価値が定まらないということだ。例えば幕末や明治初期の月並俳句時代は、存在したことさえ忘れ去られている。子規以前は、さながら俳句が存在しなかったように見えるのだ。

そこで、俳壇で何が起きていたか、象徴的な出来事を挙げてみる。近代の俳句が生まれたといってよい一八九六年（明治二十九年）から二十五年ごとに下って眺めてみるのだ。

(1) 一八九六年（明治二十九年）「ホトトギス」創刊（明治三十年）の前年

この年を掲げたのは、現在（二〇二一年）から二十五年ごとにさかのぼると、この年が原点としてちょうどよいからである。特に「ホトトギス」を重視しているわけではない。例えば、わずか四年前（一八九二年）に子規は「獺祭書屋俳話」を発表したから、近代俳句はこの頃に始まっていると言ってよいだろう。

【その後二十五年の出来事】子規の死、碧梧桐と虚子の対立、新傾向ブーム、「ホトトギス」の隆盛。その目まぐるしさはまるで戦国時代のようだ。

（2）一九二一年（大正十年）**東大俳句会発足**（秋櫻子、誓子、素十、青邨）**の前年**

些細な出来事のように思えるが、この東大俳句会のメンバーの三人（誓子、秋櫻子、素十）に関西の阿波野青畝を加えたのが4Sである。更に4Sの命名者自体が東大俳句会の青邨なのだ。まさに東大の時代だったのだ。

【その後二十五年の出来事】4Sの登場、「馬酔木」の独立、改造社「俳句研究」の創刊、新興俳句（三鬼ら）の登場、人間探求派（草田男、楸邨、波郷）の登場、特高による新興俳句の弾圧、終戦。これも第二の戦国時代と言ってよい。

（3）一九四六年（昭和二十一年）**桑原武夫「第二芸術」**

「第二芸術」は俳壇に大きな衝撃を与えた。この影響もあり、現代俳句協会が発足している（一九四七年）。

【その後二十五年の出来事】社会性俳句・前衛俳句（兜太）の登場、角川書店「俳句」創刊、高浜虚子の死、現代俳句協会の分裂。これも第三の戦国時代と言ってよい。

（4）一九七一年（昭和四十六年）**俳人協会の公益法人化**

すでに俳人協会は現代俳句協会から独立していたので、大きな出来事でもないようなのだが、法人化とともに会員増強が大きく進み、伝統派が優勢となる。

【その後二十五年の出来事】 伝統派(龍太、澄雄)の隆盛、女流俳句の噴出、総合誌の噴出、カルチャー俳句ブーム、日本伝統俳句協会の発足、そして「結社の時代」。充実はしてきたが、このあたりから戦国時代ではない、鎖国的な江戸文化の隆盛・元禄時代に入る。

(5) 一九九六年(平成八年)

???。困ったのはメルクマールとなる事件が何も見当たらないことだ。

【その後二十五年の出来事】 結社誌の激減、総合誌の終刊。俳句甲子園ブームと多少、彩りはあるが、あまり景気がよくなく、「歴史的大事件」がなくなってきたことは歴然としている。

(6) 二〇二一年(令和三年)現在

(5)の結社誌の激減、総合誌の終刊に続き、三協会の会員数も現在(二〇二一年)は全て減少しているのが象徴的だ。

句集がたくさん出て、受賞者がたくさんいるじゃないかと言うかもしれないが、昭和二十年代は超結社賞は現代俳句協会賞ただ一つであったが、「俳句年鑑」二〇二一を見ると賞の数は実に二十二もある。しかしあの頃と比べて、俳句の質が上がったとはとても言えない。

俳句に歴史がなくなりつつあるのだ。あるいは、一九七一年にさかのぼってみて、「空白の五十年」がいつの間にか始まっていたということができるだろうか。

それでは、この空白の期間がどのように生まれたか調べてみよう。そもそもは決して悪い状況から始まったわけではない。

当時の角川「俳句」を見てみると特徴的なことは、俳句の発表も多いが、三十句、十五句、八句と機械的に分類されていることだ。結社ごとに三十句級作家、十五句級作家、八句級作家と分類されて、有力結社が総合誌によってランクづけされているのだ。

更にこれを超えて超三十句級作家が存在した。こうした分類を作り出したのは、角川ではなく当時の新興俳句出版社の牧羊社であった。まず一九六九年(昭和四十四年)、戦後生まれ作家による『現代俳句十五人集』を刊行した。これはその後のシリーズ句集の草分けだった。この隙間産業は大成功を収めた。こうした戦後作家の大売り出しは角川の「俳句」でもすぐ行われ、「俳句」の年間特集に「特集・現代の作家」「特集・現代の風狂」などで、戦後派作家を大量の評論と特別作品で売り出したのだ。戦後派作家は牧羊社と角川書店によって大きな権威となった。その証拠に、牧羊社と「俳句」のシリーズに登場した戦後派作家は続々と読売文学賞を受賞する。だから、「俳句」の超三十句級作家、三十句級作家、十五句級作家、八句級作家のヒエラルキーを誰も信じて疑わなかった。この企画には角川源義が必ず入っていたから、角川書店にとっても都合よかったと思う。派生的利益を受けたのは金子兜太で、伝統俳句の他に少数の前衛俳句を入れる際には必ず兜太が入った。兜太の不滅の名声はこうして確立した。これがアンシャンレジームの確立である。これは前に述べたように決して悪いことではない。しかし問題は、これら主人公が消えた後、アンシャンレジームは新しい俳句を決して作り出してはくれないことである。空白の五十年はこうして始まる。

『証言・昭和の俳句』から、戦後俳句史の総括が始まる。［R3・10］

黒田杏子聞き手・編者『証言・昭和の俳句 増補新装版』（コールサック社、二〇二一年）は『証言・昭和の俳句』（角川選書、二〇〇二年）の改訂版である。もともとこの本は、一九九九年一月号から二〇〇〇年六月号まで角川書店の「俳句」に十八回連載したシリーズ「証言・昭和の俳句」を単行本化したものであった。存命・活動中の戦後世代作家の長編インタビューであり、兜太、鬼房、六林男、敏雄などの戦後俳句史を彩った作家たちが勢揃いした企画であったから、連載中も、あるいは選書としての刊行当時から評価が高かった。一口で言ってしまえば昭和が終わった時点における、戦前から戦後の俳句史、例えば新興俳句、社会性俳句、前衛俳句、伝統俳句の流れを作家たちに語らせているものである。しかし、刊行からすでに二十年を経て入手が困難となっていること、一方で昭和俳句、戦後俳句の回想の気運が高まっているところから、新しい付録を加えて出されたものである。

この本が一九九九年から「俳句」で連載された経緯は、角川書店内の複雑な事情も影響していた。当時の「俳句」編集長は海野謙四郎であり、その後十年、編集を続けた名編集長であった。その前の編集長は秋山みのるであり、海野と対照的な人物であった。秋山は「結社の時代」をキャッチフレーズに掲げ、「上達法」という実用的入門特集を倦むことなく繰り返すというものであった。言ってみれば、長老・大家・新人を含め、秋山の通俗化・大衆化路線に洗脳された時代であった。この影響はその後も俳壇に大きな影響を与えている。こうした秋山の悪しき遺産を葬り去ろうとしたのが海野編集長であった。その最初の企画が黒田の「証言・昭和の俳句」であったのである。

増補新装版は二部から成っている。第一部は黒田が当時、行ったインタビューであり、その顔触れは、桂信子、鈴木六林男、草間時彦、金子兜太、成田千空、古舘曹人、津田清子、古沢太穂、沢木欣一、佐藤鬼房、中村苑子、深見けん二、三橋敏雄の十三人である。原則一人一回であるが、六林男、兜太、欣一、苑子、敏雄は二回にわたってインタビューされている。

第二部は、二十年前のこれらを読み返して、現在の二十人の俳句作家・評論家・エッセイストらがこのインタビューを読み解き、総括している。その顔触れは、五十嵐秀彦、井口時男(文芸評論家)、宇多喜代子、恩田侑布子、神野紗希、坂本宮尾、下重暁子(作家)、関悦史、高野ムツオ、筑紫磐井、対馬康子、寺井谷子、中野利子(エッセイスト)、夏井いつき、仁平勝、星野高士、宮坂静生、山下知津子、横澤放川、齋藤愼爾であり、新しい俳句史を提示できる顔触れを選んだというところであろうか。

なお、当初のインタビュー対象となった十三人の顔触れの中には、当然、戦後俳句史を語るに欠かせない、入るべくして収められていない作家もいる。飯田龍太、森澄雄などがその代表であるが、龍太は既に俳壇から引退し、澄雄は脳梗塞で倒れ長時間のインタビューには耐えられなかったというから、ぎりぎりの時点でのできる限りの企画であった。これは本書の瑕疵というよりは、むしろ歴史性を感じさせる。実際、現時点で既に十三人中十二人が鬼籍に入っており、存命は深見けん二のみである。

『証言・昭和の俳句 増補新装版』は二十年前の角川選書版と違った読み方を要請する。それは、その主人公が大半が亡くなったというばかりではなく、彼らの歴史的証言を使って新しい俳句史の見方を提示し、我々に考えさせるからだ。その意味でポイントは、増補新装版では第一部より第二部に移ってくる。

第二部で気がつくことは、三橋敏雄、佐藤鬼房、鈴木六林男に触れた論者が多いことだ。五十嵐、井口、宇多、恩田、坂本、高野、対馬、仁平、齋藤などがそうである。第二に興味深いのは、こうした第二部を背景に浮かび上がるもの、敏雄、鬼房、六林男から浮かび上がる西東三鬼の存在である。この本は三鬼を対象としてはいないものの、昭和俳句の中に抜き差しならない形でその存在が浮かび上がってくる。それはポジティブな意味でも、ネガティブな意味でもそうなのだ。敏雄、鬼房、六林男は三鬼に師事したり何らかの影響を受けているが、それぞれの作家ごとに微妙な影を落としている。五十嵐が「西東三鬼の影」で明確にそれを指摘し、「本書の一四人目が西東三鬼ではないか」と述べているのは正しい。しかし、それを具体的な例でえぐり出しているのは井口である。井口は「無私と自由と」で、三橋は自由人である三鬼を賛美するが、鬼房は自分宛てに投句してきた青年の作句を三鬼が横領簒奪してしまい、青年はそれきり俳句をやめてしまったという証言をする。鈴木は鷹羽、沢木、山本健吉らの俳壇の権力者を糾弾するが、三鬼のこの黒いエピソードについては口ごもっていると書いている。五十嵐も井口も、激烈な結社批判を背景に持っているだけに、伝統俳句だけでなく、新興俳句の中にさえそうした危険性を見出しているのだ。

圧巻は齋藤愼爾の「『証言・昭和の俳句』散策」であろう。ここに登場する十三人のうち十人と三十年から五十年にわたる付き合いがあるという齋藤は、五十嵐ではないが、「本書の十四人目」と言ってもおかしくない。彼らを賛美するだけではなく、批判や暴露も厭わないし、十三人以外の作家・評論家や俳壇事件も次々登場する。山口誓子、山本健吉、石牟礼道子などであり、三鬼名誉回復裁判、挨拶と滑稽、虚子の「玉藻」研究座談会、当代俳句評論家の品評など、尽きることがない。聞くところによれば、依頼されたページ数をはるかに超え三十五枚を書いてしまい、書肆からの要請で泣く泣く二十五枚に削ったというから、内容は濃密なわけだ。最後になるが、戦後俳句史の総括はまだ終わっていない。本書からそれは始まるのだ。

【参考】『証言・昭和の俳句』で取り上げられた深見けん二は二〇二一年(令和三年)九月十五日、執筆者の黒田杏子は二〇二三年(令和五年)三月十三日、『増補新装版』で卓抜な書評をした齋藤愼爾は同年三月二十八日に亡くなっている。

#「馬酔木」が、百周年を迎える。

［R４・１］

「馬酔木」二〇二一年十月号は「馬酔木」創刊百周年記念号であった。本来これに合わせて、「馬酔木」百周年記念大会が開かれる予定であったが、コロナ禍のために延期。二〇二二年（令和四年）の一月二十九日に開かれる予定となった。

百周年記念号の前の記念号である、五十周年記念号を私は見ている。これはちょっとした歴史的体験ではないかと思っている。五十周年記念号の直前、私は「馬酔木」に入会しているからだ。秋櫻子存命中の五十周年記念号は実に豪華な号であり、当時、圧倒されたものである。百周年記念号と比較してみると、特徴がよく分かる。

五十周年記念号は三百三十四ページに及ぶ大冊、百周年記念号は二百二ページでそれほどの大冊ではない。一方、内容的に言えば、五十周年記念号は祝祭的、百周年記念号は研究的である。

五十周年記念号は祝辞・回想・座談会が多く、評論は少なかった。しかし、記念記事には、富安風生、阿波野青畝、山口誓子、山口青邨、平畑静塔、加藤楸邨、秋元不死男、安住敦、大野林火、飯田龍太、沢木欣一、森澄雄、草間時彦、野澤節子、鷹羽狩行など、すでに亡くなっていた石田波郷以外の、全俳壇の大家が参加していた。

これに比較して、百周年記念号は比較的世代の若い作家による評論が多く載せられた。これを踏まえると「馬酔木」百年の歴史的意義が浮かび上がってくるのが特徴だ。

その最大のポイントが、「馬酔木」と新興俳句との関係である。今井聖、坂口昌弘、筑紫磐井がこの問題に触れ、高野ムツオも紹介しているが、これが今後の論争の種となる問題を多く含んでいるのだ。

今井聖は「『新興俳句』は『花鳥諷詠』であった」で、現代俳句協会青年部編の『新興俳句アンソロジー 何が新しかったのか』について、「新興俳句」の中に、秋櫻子、楸邨、波郷を含めていることを批判している。「虚子が秋櫻子の主観よりも素十の客観写生の方に組したのが『ホトトギス』離脱のきっかけとなったのであるから秋櫻子は『新興俳句』の初動を担ったとまずは考え、ならばそこに所属した俳人も『新興俳句』の俳人として考えてもいいという理屈である」と解説し、また高野ムツオが、高屋窓秋の句「頭の中で白い夏野となつてゐる」を「馬酔木」で秋櫻子が取り上げたことから、秋櫻子自身が季題と次元を異にした発想を肯ったと理解し、これに対し今井聖は「二人の論旨の展開はかなり強引に感じられる」と裁断している。

一方、坂口昌弘は「秋櫻子と『馬醉木』の系譜を新興俳句に括ってはいけない」という長い題で、〈『現代俳句大辞典』では、『新興俳句』について、『ホトトギス』から『馬醉木』の独立したことに伴い新しい俳句運動が起こり、これを『新興俳句』（金児杜鵑花の命名という）と呼んだことに由来する」「秋櫻子が無季俳句批判を行い新興俳句運動から離脱したとされている」と筑紫磐井が書く。川名大は『戦争と俳句』で「馬醉木」を新興俳句誌としている。しかし、秋櫻子が新興俳句運動を始めた事やその運動から離脱したという事実は全くない〉と述べる。

これに対し高野ムツオは「百年の重み」という祝辞風の文章で、（秋櫻子からは）「新興俳句や人間探求派がなどが生まれ、戦後、社会性俳句、前衛俳句そして伝統回帰や俳諧性の主張など、多用な俳句の流れが生まれたきっかけといえましょう」と淡々と述べている。

要は、秋櫻子や「馬醉木」は新興俳句であったのかどうかという歴史的評価が、今もって定まっていないのである。しかしこれは、評価という価値観以前の、事実の検証がないためもある。一九三四年（昭和九年）頃までは新興俳句は自由律俳壇で使われていたようである。俳壇一般に普及したのは一九三五年（昭和十年）になってからである。

特に注目したいのは、加藤楸邨の評論で、「新興俳句批判（定型陣より）」（「俳句研究」昭和十年三月号）、「新興俳句の将来と表現」（「俳句研究」同年四月号）、「新興俳句運動の誤謬」（「馬醉木」同年十月号）、「新興俳句の風貌」（「馬醉木」昭和十一年一月号）と新興俳句の論争は一手に加藤楸邨が引き受けている。それも決して新興俳句に批判的ではない。最も特徴的なのが「新興俳句の風貌」で、ここで楸邨は新興俳句作家として九名を挙げ作品を紹介している。その筆頭に水原秋櫻子と山口誓子を挙げているのである。

面白いのは一九三六年(昭和十一年)で、この年刊行された単行本の宮田戌子編『新興俳句展望』に、「新興俳句結社の展望」(藤田初巳)と「新興俳句反対諸派」(古家榧子)が載っているが、「新興俳句結社の展望」ではその筆頭に「馬醉木」が、「新興俳句反対諸派」ではアンチ新興俳句の「新花鳥諷詠派」として秋櫻子と誓子を挙げている。一冊の本の中でのこの混乱が、新興俳句をめぐる当時の混乱を如実に示しているようである。ちなみに、今井聖が新興俳句を花鳥諷詠としているが、古家のほうが今井よりはるか先に秋櫻子と誓子を花鳥諷詠派と断じている。ことほど左様に、根拠もないラベル貼りは虚しいものである。

このようなことになるのは「新興俳句」という用語には確とした意味がないということである。関東大震災(一九二三年〈大正十二年〉)の直後、「復興」「再興」、そして「新興」という言葉が生まれた。小説、戯曲、芸術、国家論、そして短詩型文学にまで次々と「新興」は生まれた。今日の新興は明日の新興ではなかったのだ。一九三五年(昭和十年)に水原秋櫻子も「馬醉木」も間違いなく新興俳句であった。一九三六年(昭和十一年)から次第に怪しくなっていく。これさえ分かれば、「馬醉木」誌上の議論は解決がつくはずなのである。私の個人的考え方を言えば、記念号でも書いた。秋櫻子と新興俳句の祖である高屋窓秋は深い絆で繋がっていた。なお余計なことになるが、新興俳句批判を書いた今井聖は加藤楸邨の高弟である。楸邨の新興俳句に寄せる共感を少し学んでほしい気がする。

【参考】「馬酔木」創刊百周年記念大会は二〇二二年（令和四年）一月二十九日開催予定であったが、その後さらに延期され二三年（同五年）二月五日開催となった。

深見けん二の語ったこと、書いたこと。

［R４・３］

二〇二二年版の角川の「俳句年鑑」を見ると九十代作家の物故が目立った。少し前まで元気に活躍していた人が鬼籍に入ったわけであるから、誠に残念な感じがする。特に個性豊かな人たちが多いだけに、ひときわ寂しい。「年鑑」のトップに深見けん二の名前が掲げられているのだが、黒い傍線が付せられていた。黒田杏子の『証言・昭和の俳句』には金子兜太をはじめ著名な十三人の戦後作家が取り上げられていたが、そのうち生き残った最後の一人が深見けん二だった。昭和が遠くなった感が否めない。

「俳句」二〇二二年一月号「追悼深見けん二」が総合誌で初めての追悼特集となったようだ。深見けん二の遺作・代表作品が掲げられ、諸家からの感想・回想がつづられていた。深見けん二は作家というだけの枠組みでは収まりきらないので、少し補足しておきたい。

深見けん二は、一九二二年（大正十一年）福島県生まれ。一九四二年（昭和十七年）東京帝国大学

第二工学部に入学し、大学の研究室に入った後、日本鉱業に入社した。戦中は肋膜炎で病床に就いていたため、戦後派作家で珍しく、戦争に行くことはなかった。

俳句は、一九四一年(昭和十六年)に母の友人の幸喜美《こうきみ》に誘われ虚子に入門し、草樹会、東大「ホトトギス」会に参加した。戦後、虚子の指名により、上野泰、清崎敏郎、湯浅桃邑らと「ホトトギス」新人会を結成。当時、西には波多野爽波の若菜会があり、「ホトトギス」新人集団の双璧であった。特に虚子との関係では、「玉藻」で研究座談会を虚子と新人会メンバーで、一九五四年(昭和二十九年)から虚子が亡くなる五九年(同三十四年)まで続け、ここで最晩年の虚子の俳句観を学ぶこととなった。「夏草」にも参加していたが、「夏草」終刊後、「花鳥来」を創刊した。この他、今井千鶴子、藤松遊子と同人誌「珊」を編集刊行していた。

句集に『父子唱和』『花鳥来』『日月』『菫濃く』などがある。これらにより、俳人協会賞、詩歌文学館賞、蛇笏賞を受賞している。また、稲畑汀子編『ホトトギス新歳時記』、「ホトトギス」創刊百年企画で「ホトトギス雑詠史」を執筆、評論集『虚子の天地』を編集・執筆した。これを見ても、虚子の俳句観の祖述に尽くした生涯であった。

私が深見と交流したのは、平成三十年前後であり、拙著『虚子は戦後俳句をどう読んだか』に関わるエピソードや文献を探索している過程であった。当時、深見からもらった膨大な手紙や資料が手元に残っている。というよりは、深見の最後の十年は虚子の俳句観の再発掘、特に自らが直接面受を受けた「研究座談会」の虚子の思想を再評価して世に出すことであったようだ。主宰誌「花鳥来」にもしばしば「研究座談会」について執筆しているが、世間の関心は残念ながらあまり高くなく、自身の体調もあり、その全てを自身でこなすことは難しくなっていた。そのような時に、系譜の違う私が「研究座談会」に関心を持っていることを知り、交流が始まったのである。ある日、虚子生前の「研究座談会」全編のコピーが送られてきた時には感動した。虚子と深見との貴重な往復書簡も見せてもらった。こんなこともあったから、『虚子は戦後俳句をどう読んだか』に収録した長時間の座談会(「研究座談会」を語る)も実現することができた。

この座談会の中でいくつかのびっくりする発言もあったので、それを紹介しておきたい。

「深見：磐井さんの本(拙著『伝統の探求〈題詠文学論〉』)の中の題詠文学というのを読みましてね、あれにはちょっと参りました。というのは、私の俳句も題詠文学なんです。さっき言いました、季題と一つになるっていうことを心掛けてるんですが、結局私は吟行しているときにも、そこに立ち止まって、季題と一つになろうとしているわけです。ということでは題詠ですよね。本当の意味の題詠文学っていうのは歴史を持ってるもので、そういうものを含めて言うんで、ただその題についてやるから題詠だってんではないっていうことはあるわけですけども、ただ方法としては、やっぱり他のテーマよりも季題のほうに重点を置いて作ってますからね」

これは決して話の流れの弾みで出た言葉ではない。座談会以前にも深見はこんなことを語っていたからである。

「虚子先生の俳句会は、武蔵野探勝会を除いて、兼題のない句会はありませんでした。兼題は、私達の場合は季題で、兼題の利点は、一つの季題にある時間集中できることです。私の場合は、兼題を作るために吟行をよくしましたので、兼題がなかったなら出来なかった句があります。又目の前にない時は、過去の体験の場面をいくつか一つずつ丁寧に思い返し乍ら作っているうちに、心が集中し思わぬ言葉の出たことがあり、兼題の妙味を体験してきました。

薄氷の吹かれて端の重なれる

は、兼題の吟行で作った句、次の句は見ないでの句。

ゆるみつつ金をふふめり福寿草

平素の季題の観察と、多作、多読あっての兼題です」（「花鳥来」二〇一五年〈平成二十七年〉冬「折に触れて」）

掲げてある句はいずれも深見の代表句であり、この言葉により深見の工房の秘密が見えてくるであろう。

「吟行」と「題詠」は全く相対立するものと考えている人が多いが、花鳥諷詠にあっては吟行と題詠は一体のものである。いや、花鳥諷詠とは題詠であり、その場が句会であれ吟行であれ、変わることはないのだ。こうしたことを深見は、理論だけでなく、実作でも示していたのである。吟行に当たって、ぜひ心掛けてほしいことである。

吟行とは見ることではなく、考えることなのである。

【参考】「花鳥来」は一九九一年（平成三年）創刊、深見けん二没後の二〇二一年（令和三年）に終刊した。

鷹羽狩行はいかに行動し、思考し、かつ批判されたか。［R4・4］

「香雨」二〇二二年一月号に、「名誉主宰による『甘露集・白雨集・清雨集抄』は、先生のご負担が大きいため終了といたしました」という小さい記事が載っていた。「休載」ではなくて「終了」にちょっとショックを禁じ得なかった。

「香雨」は片山由美子の主宰誌である。誰も知るように鷹羽狩行主宰の「狩」を承継した結社であり、鷹羽狩行は「香雨」の名誉主宰でもある。したがって、「香雨」でも片山由美子と並んで中心的活動をしていた。二〇一九年（平成三十一年）一月「香雨」の創刊時の鷹羽狩行の活動は、①「二十山」の連載、②「甘露集・白雨集・清雨集抄」の抽出、③地方句会の指導、と予告されていた。

しかし、「香雨」の創刊後、コロナの流行と重なってしまい、句会活動そのものが滞る中で、二〇二〇年（令和二年）以降は地方句会での指導の活躍も見られなくなった。一方で体調も思わしくないらしく、「二十山」の連載も二〇二一年（令和三年）八月以降見られなくなった。そういえば今年（二〇二二年）の総合誌の新春詠にも登場しなかったようだ。「香雨」ではないが、鷹羽狩行は毎日俳壇選者を四十年務めてきたが、それも二〇二〇年（令和二年）十二月で辞退した。そんな中での「甘露集・白雨集・清雨集抄」は鷹羽狩行の数少ないメッセージだった。

俳人協会六十年大会が今年の秋に予定されている。その出席を期待している人も多いと思う。鷹羽狩行の活動再開を期待している。逆にこうした時期にこそ、鷹羽狩行を語ってみてもよいかも知れない。

鷹羽狩行に関する鑑賞批評の最新は、片山由美子の『鷹羽狩行の百句』（ふらんす堂、二〇一八年）で、これはコンパクトで読みやすい解説だ。もっと多種多様な批評を読みたいものだ。それにうってつけなのが、『鷹羽狩行の世界』（角川書店、二〇〇三年）で、少し古い本のため句集も第十三句集『十三星』までが対象だ。鷹羽狩行論だけで五百ページの圧巻である。その意味での、最新時点でのこうした論集が望まれるところだ。鷹羽狩行の関係者による第十九句集、第二十句集の上梓も今後、行われるのだろう。併せて『鷹羽狩行の世界』の続編をぜひ視野に入れてほしいものだ。

いろいろ異論もあるかと思うが、現代俳句協会を牽引したのが金子兜太であるとすれば、俳人協会を牽引したのは鷹羽狩行だろう。その証拠にこの二人だけが、それぞれの協会の名誉会長職を務めている。虚子にも見られなかった空前絶後のことである。その一方の金子兜太は

「海程」終刊決定後もいろいろな企画が登場し、最新のところでは昨年(二〇二一年)文芸評論家・井口時男による『金子兜太　俳句を生きた表現者』(藤原書店)の力作が刊行されている。こうしたことを鷹羽狩行についても期待している。

その参考として過去の例を見ておこう。『鷹羽狩行の世界』は精選された百六十七編の論を掲載している。水原秋櫻子、山口誓子、山本健吉、西東三鬼、秋元不死男、瀬戸内寂聴、塚本邦雄らに加え新進気鋭の作家・評論家の錚々たる顔触れである。鷹羽狩行俳句の本質に関わる問題が多く語られている。一人の作家としては、稀有な数と質の論集ではなかろうか。

さらに加えて巻末で片山由美子が「鷹羽狩行の軌跡」と題して解説を書いている。あまりに膨大な鷹羽狩行論を読み解く上では欠かすことのできない羅針盤となっている。なぜなら、片山の文章は鷹羽狩行も批判すべきところは批判している。生い立ちや進化・特徴だけでなく、鷹羽狩行の提起した俳壇全体における問題と鷹羽狩行発言の反響を極めて分かりやすく絵解きしているからだ。

その最大の問題が俳句の思想性であり、平井照敏、細川加賀、川崎展宏、古舘曹人らとの応酬である。内容は、鷹羽狩行は機知や句またがりなどの表現技法が優先して、思想性がないというものであった。これに対して、多分、私一人が鷹羽狩行の思想性を指摘した。鷹羽狩行の批判者が「人生いかに生きるべきか」を思想としたのに対し、私は、言葉の内部構造から見え

てくるのが戦後の思想であると考え、古い思想と新しい思想の対立が鷹羽狩行問題の根幹にあると考えたのだ。例えば、

摩天楼より新緑がパセリほど

一対か一対一か枯野人

には摩天楼の新緑と西洋料理の皿とパセリ、一対と一対一の構造を理解しないと狩行俳句は理解できない。むしろこうした対比構造の上に狩行の思想性が表れると指摘した。

片山もこれには共感したらしく「鷹羽狩行の軌跡」の後半では私の論考を中心に批評してくれているようだ。したがって、その結末も次の文章で終わっている。

「鷹羽狩行を読むことは、現代俳句そのものを考えることにもつながる。筑紫磐井の狩行論に続く、斬新な作家論が書かれることを期待したい」

もちろん片山の思想も進化し、ここにはとどまっていないはずだ。だから私に対しても最近は批判的である。それだけに、『鷹羽狩行の世界』の新版が求められるのである。

【参考】鷹羽狩行は、二〇二四年五月二十七日に亡くなった。

稲畑汀子が、花鳥諷詠を新興した。

［R4・5］

この冬多くの俳人が亡くなった。岡田日郎、安井浩司、棚山波朗、榎本好宏と、いまだ十分、働き盛りの人たちであった。こうした中で極め付きは稲畑汀子の急逝である。稲畑汀子は(二〇二二年)二月二十七日に心不全のため死去。九十一歳だった。二年半前に会った時は、はちきれんばかりの元気さであったから、今年になってからの朝日俳壇選者の辞退、日本伝統俳句協会会長の勇退と続く活動の縮小、そして逝去という衰えにはちょっと気持ちが付いていかなかった。

私が最後に稲畑汀子と会ったのは、二〇一九年(令和元年)五月、山本健吉賞の授賞式であった。この時、稲畑汀子は第十七回山本健吉賞を受賞した。日本伝統俳句協会の会長で「ホトトギス」の名誉主宰という立場の稲畑には受賞も難しいものがあったのではないかという気もしているが、それでもこの受賞には喜んでいた。面白いのは、この時、主催者の依頼で稲畑汀子に祝辞を述べたのは、夏石番矢と私であったことだ。人選は主催者側の思いつきであったかも知れないが、稲畑汀子があえて断らなかったところに、世間で思うほど前衛に対する拒絶感が強かったわけではないことが分かる。夏石とどのような話を交わしたかは知らないが、私に実ににこやかに近寄り、「もっとどんどんきついことを言ってよね」と激励を受けた。

逆に私が最初に二人だけで話したのは、二〇〇六年(平成十八年)三月「花鳥」六十周年記念の祝賀会の席であった。稲畑汀子が主賓席、私が若手席に座り、どういうわけか背中合わせに座っていて、お開きと同時に立ち上がった時に背中同士がぶつかり、ふり返った二人で、「あらっ」と驚いて話を始めたという、アメリカのコメディばりの状況が生まれたのだ。その前、「俳句界」二〇〇四年(平成十六年)十二月「俳壇のドン/兜太・狩行・汀子——」という特集で、私は「伝統俳句の母　稲畑汀子の功罪」を書いたのだが、狩行論を書いた某氏が問題を起こしたのに引き替え、私の論は稲畑汀子から絶賛を浴び、「ホトトギス」の大会で紹介されたという経緯があったらしかったから、決して険悪な雰囲気ではなかった。この時の汀子論は日本伝統俳句協会の創設に関するものであった。これは次に述べる通りである。その後、正岡子規国際俳句賞の選考などで会う機会も増え、いろいろな著書の寄贈も受けていたから、不思議な縁が続いたと言うべきであろう。その意味では、金子兜太と丁々発止とやり合い、自分の立場ははっきりと持ちながらも、決して偏頗ではなかった。『俳句と生きる——稲畑汀子講演集』(角川学芸出版、二〇一二年)を見ると、ソシュールの言語論を踏まえた講演をドイツで行っている。

日本伝統俳句協会の発足は兜太の朝日俳壇選者への就任(一九八七年)を発端とする。朝日俳壇の選者として金子兜太を入れたことに対し、破格調の横行は許されないので伝統俳句を守る会を作ることを決めた。凄まじいのはここからの行動力で、当初は三笠宮殿下を新協会の総裁とすることとしていたらしい。三笠宮殿下は賛意を示したが、「伝統俳句という呼称は古い」という意識を持っていたようで、結局この人事構想は断念された。しかし、塩川正十郎、中島源太郎両文相、唐沢俊二郎前郵政相を通じて文部省に働きかけ、日本伝統俳句協会の発足、同協会の公益法人認可を獲得したのであった。先行する俳人協会が公益法人となっていたが認可の条件として伝統俳句という用語を用いることができず、「この法人は、俳句文芸の創造的発展とその普及を図り、もってわが国文化の向上に寄与することを目的とする」とされていた。つまり伝統も前衛もひっくるめて俳句とされ、これらを発展させることとなっていた。こうした俳人協会の轍を避けたのが、日本伝統俳句協会であった。優れた官僚OBを使い、文部省と緊密な連携を取り、有季定型を「伝統俳句」と呼び、これは「俳句」とは別の事業であると認定させるウルトラCをとった。日本伝統俳句協会の目的(定款第3条)は次のようになっている。

もはや、「伝統」は日本伝統俳句協会にしかない。

「有季定型の花鳥諷詠詩である伝統俳句を継承・普及するとともに、その精神を深め、もって我が国の文化の向上に寄与することを目的とする」
(『金子兜太戦後俳句日記 第二巻 一九七七年―一九九三年』〈白水社、二〇一九年〉、『大久保武雄――橙青日記 昭和六十二年・六十三年より』〈北溟社、二〇一一年〉によった)

最後に、稲畑汀子の略歴を記しておく。稲畑汀子は高浜虚子の孫。高浜年尾の次女。一九三一年(昭和六年)一月八日神奈川県出身。聖心女子大学小林分校英語専攻科中退。稲畑順三(稲畑産業の創業者・稲畑勝太郎の孫。ちなみに社名の稲畑はイナバタ INABATA と読む)と結婚。父・年尾没後の一九七九年(昭和五十四年)から「ホトトギス」を主宰。一九八二年(昭和五十七年)から朝日俳壇選者。一九八七年(昭和六十二年)、日本伝統俳句協会を設立し、会長となる。戦後、低迷していた「ホトトギス」を復活させ、虚子の再評価に尽力した。二〇一三年(平成二十五年)「ホトトギス」の主宰を長男・稲畑廣太郎に引き継ぎ、名誉主宰となる。二〇二二年(令和四年)には朝日俳壇選者を辞退し、日本伝統俳句協会会長を退任し、名誉会長となっていた。句集に『汀子句集』『汀子第二句集』『汀子第三句集』『花』『月』、著書に『花鳥諷詠、そして未来』『俳句と生きる――稲畑汀子講演集』などがある。

今日何も彼もなにもかも春らしく　　汀子

俳人。戦争へ声明は。

［R4・6］

コロナが一向に収まる気配もない状況の中で、さらに世界は様々な問題を抱えてきている。ロシアがウクライナに侵攻したというニュースだ（二〇二二年二月二十四日）。各国はこの侵攻を非難している。日本の文学の世界でもこれに呼応した動きが出ている。

【文芸家】三月十日に日本ペンクラブ・日本文藝家協会・日本推理作家協会連名で「ロシアによるウクライナ侵攻に関する共同声明」が各団体理事会および有志による声明文として出されている。

【歌人】三月十七日には現代歌人協会理事有志が「ロシアによるウクライナ侵攻に対するメッセージ」を寄せている。ここでは十九人の理事のうち十六人が、各人の言葉でメッセージを書いている。

なお、もう一つの大きな歌人団体である日本歌人クラブは今のところ声明などは出していない。

【俳人】三月二十一日、現代俳句協会幹事会が「ロシアのウクライナへの侵攻についての声明」を発表している。

なお俳人協会、日本伝統俳句協会は特に今のところ対応していないようである。

それぞれ作家たちの良心に関わる問題であるとともに、果たして文芸家の団体として、どこまで関与するかは難しい問題である。それなりに団体で考えられた末の結論であろう。

だから団体ごとに対応は微妙に異なるようで、一応の組織決定となっているものもあれば、有志による声明となっているものもあるというように、異なる対応が示された。いずれも、団体の総意でまとめることはできていない。おそらく流動的な状況の中で、団体の総意をまとめることが難しかったためであろうと思う。

ここで俳人関係の声明について考えてみたい。

現代俳句協会で幹事会声明が出されたのは、俳人協会が創設されたとき、一九六一年（昭和三十六年）十二月十六日付で出された「現代俳句協会幹事会声明」以来六十年ぶりだと思う。この時の内容は、現代俳句協会を非難した中村草田男幹事長への糾弾を主な中身とするものであった。

少しさかのぼると、一九六〇年（昭和三十五年）七月に安保に関する声明が出されている。「新安保条約の国会審議が不十分のまま単独強硬採決という暴挙によって採択されたこと」を遺憾とし、「速やかな国会の解散を要求する」という声明だ。この時は「現代俳句協会民主主義を守る会」名で出しており(たぶん「有志」という意味だと思う)、中村草田男以下在京有志六十六名の連名で出されているようだ。現代俳句協会名で出せなかったのは、一部反対の会員がいたためと言われている。

今回の声明の中で、侵攻への非難、核使用への危惧は他の文芸家たちと共通だが、「私たちはウクライナ、ロシアに俳句を通して多くの友人がおり、今後も絆を大切にしていきたいと思っています」と述べているのは、ウクライナ、ロシアの人々が俳句を通じて交流していることに鑑みたためである。ウクライナ、ロシアの全ての人びとが生命と生活の安全を保障され、不当な差別や迫害を受けることがないことを希求しているのである。

文学者の戦争に対する意見表明は色々な評価があると思うし、歴史的には古くからあり国策を推進することに利用されたこともある。例えば正岡子規も日本主義だったから従軍記者に名乗りを上げた。ただこうした中で、どれほど理性的であり得るのか、だ。

第一次世界大戦開始時にも、ドイツと英国では文学者たちがそれぞれ自国を支援する声明を発表している。

一九一四年九月には「英国の文学者は英国の戦争を擁護する」(British Authors Defend England's War)、十月にはドイツで「93人のマニフェスト」(Manifest der 93)が出されている。連合国側の英国のそれは、コナン・ドイル、ジョン・ゴールズワージー、トーマス・ハーディ、キップリング、H・G・ウェルズが署名し、同盟国側のドイツのそれは、レントゲン、マックス・プランクら名だたるノーベル賞学者やハウプトマン、ヴィルヘルム・ヴントさえ加わっている。時代を代表する知性たちの活動である。

そうした中で、英国の声明は少し変わっている。こんな一節があるのである。

「我々の多くはドイツに親愛なる友人がいる。我々の多くはドイツの文化を最高の敬意と感謝の気持ちで見ている。しかし、どの国もその文化を他の国に押し付けるための野蛮な力による権利を持っていること……を認めることはできない」

確かにドイツ政府を非難しているが、ドイツ国民とは別だと考えているのである。英国文学者らしいエスプリが見える。

【参考】「ロシアのウクライナへの侵攻についての声明」
ロシアによるウクライナへの侵攻は、ウクライナの主権と領土を侵害するものです。ましして核戦力部隊の動員にまで言及したことは、人類として越えてはいけない一線に踏み込んでおり、強く非難します。
人びとの生命、財産が損なわれ、表現の自由や活動の自由が著しく阻害され、深刻な危機に瀕している現状を憂い、一刻も早く武力の行使が停止されることを切に求めます。
私たちはウクライナ、ロシアに俳句を通して多くの友人がおり、今後も絆を大切にしていきたいと思っています。すべての人びとが生命と生活の安全を保障され、不当な差別や迫害を受けることがないよう願ってやみません。

二〇二二年三月二一日

現代俳句協会
幹事会
理事有志

松尾正光が、結社の未来を見つめる。

［R4・7］

東京四季出版の創業者であり、「俳句四季」を創刊した松尾正光が（二〇二二年）三月十二日に亡くなった。松尾は、一九三七年（昭和十二年）四月、東京生まれ、竹早高校では緒形拳と親しく、演劇同好会を二人で立ち上げた。緒形は知られるように、その後、新国劇に進んだ。松尾は武者小路実篤に師事、「新しき村」の運動に参加し、その後、多くの文化人と知り合い、画廊を始めた。理想主義の人だったのだ。出版業に移った経緯はよく知らない。東京四季出版は一九七九年（昭和五十四年）三月に創業しているが、しばらくは、「四季出版」の名で詩歌・俳句の本を刊行していたようだ。当初は銀座に編集部があった。

「俳句四季」は一九八四年（昭和五十九年）一月に創刊している。当時、「俳句」（角川書店）、「俳句研究」（俳句研究社。八六年からは角川系の富士見書房の刊行となる）と「俳句とエッセイ」（牧羊社）という総合誌があったが、「俳句四季」はここに割って入った形となる。この時、本阿弥書店の

「俳壇」も創刊(六月)されているのだが、競い合ってというよりは補完し合っていったほうがいいようだ。創刊以来、両誌は広告を載せ合っている。角川「俳句」に対抗し合ったというべきだ。

「俳句四季」の特色は、「創作・紀行・情報・写真」「目で見る月刊俳句総合誌」をキャッチフレーズにしているように、一貫してビジュアルな雑誌である。例えば、貴重な写真を満載した「俳人アルバム」「結社アルバム」の連載は現在となってみると、戦後の俳句風景を目の当たりに確認できる貴重な資料となっている。併行して、「短歌四季」を創刊。

「俳句四季」の表紙には浅井愼平を一九九五年(平成七年)から起用して現在まで続いている。二〇〇一年(平成十三年)からは俳句四季大賞を始めている。俳人以外の方々に寄稿を依頼したのも特色であり、印象にあるのは詩人の宗左近で、「さあ現代俳句へ」「21世紀の俳句」の長期連載を依頼した。宗が中句という新しい詩形式を提案したのも、こうした理由であろう。

当時の編集後記には〈蝸〉が署名されているが、これは松尾のペンネームだ。名前だけの発行人だけではなく、編集にも参画していたのだ。記事の中には松尾自身が参加したものもある。「新・作家訪問」で、百三十九名の俳人をインタビューしたもので、後に『戦後俳句を支えた一〇〇俳人』正続各上下二巻としてまとめている。

雑誌を少し離れて出版業として見ると、従来から行っていた単行本の句集に加えて、早くからシリーズを刊行した。「秀逸俳人叢書」「俊英俳句選集」「新鋭句集シリーズ」が初期のもので、特に「新鋭句集シリーズ」は若い世代を中心に構成されており、なかなか登場しがたかった新世代の発掘にも貢献した。当時、牧羊社が「処女句集シリーズ」を開始しており、好一対の企画であった。牧羊社のそれが若い人が出しやすいためにペーパーバックの安価な句集であったのに対し、「新鋭句集シリーズ」はなかなか洒落た装丁でボリュームのある句集であった。私の第一句集もこのシリーズに声をかけられたものであった。

やがて、東京四季出版独自の大企画が登場する。『処女句集全集』『処女歌集全集』『最初の出発』『現代俳句文学アルバム』『歳華悠悠』『現代俳句鑑賞全集』『21世紀現代短歌選集』『平成俳人大全書』『現代一〇〇名句集』と大冊のシリーズが登場する。

現代俳句の資料としては、句集一冊を丸ごと収録した全集は角川書店の『現代俳句大系』以来、途絶えていたが、『現代一〇〇名句集』十巻を刊行したのも松尾だ。この時、村上護、川名大、稲畑廣太郎、小澤克己と私が声をかけられ、句集選定や解説までを実施した。第一回の打ち合わせで松尾が熱っぽく語った記憶がある。そのおかげで『現代俳句大系』がやや偏ったところがある(無季俳句を削除していた)のに対し、一応、現代名句集となり得たのではないかと自負している。

この他、私の関係した「俳句四季」の企画としては、「俳壇観測」は二〇〇三年(平成十五年)

から始まる俳壇時評であり、現在まで続いている。その直前、何回か短期の「俳壇時評」を依頼されていたのだが、この年から年間での依頼を受け、更新に更新を続け二十年に至っている。また、座談会「最近の名句集を探る」は二〇〇九年（平成二十一年）から始まったもので、齋藤愼爾と私にゲストを加えた座談会方式の句集評である。毎回毎回、句集を読み合うという批評は最近の総合誌では少なくなっており、刺激的である。

松尾には、前述した編集後記やインタビューに当たっての質問者としての言葉は多くあるが、本格的評論はあまり見ない。最後にその数少ない創刊時の言葉を眺め、我々への頂門の一針としよう（松尾正光「空想的結社論」／「俳句」一九八四年〈昭和五十九年〉十二月より）。松尾は、総合誌の発行人として当然、結社を肯定している。ただ、その未来を見る目は厳しい。

「伝統芸術が衰退のきざしにある今日の傾向の中で、俳句人口だけが増え続けている理由の一つに、俳句が師弟関係のうえに成り立っている文学であることがあげられるであろう」

「今日の俳句隆盛は、荒廃した戦後をたくましく生き抜いてきた猛烈主宰者の奮闘の成果だと思うのだが、俳句の質の向上は、これからの俳人の意識がどれほど深く、どれほど広く発展していくかにかかっていると思う」

「私は俳句が衰退して行くとしたら、主宰者が結社の運営をあやまったときだと考える。主宰者も会員も私利私欲に走って、全体の調和を忘れたとき、つまり結社の運営が乱れたとき、俳句離れがはじまる」
「師弟の関係と、師から教わる姿勢を持つ俳句の最後の挑戦が、これからはじまるのである」

宗田安正が、龍太と修司と伴走した。

［R4・10］

二〇二二年版の角川の「俳句年鑑」の物故俳人名彙を眺めていて、昨年（二〇二一年）一年で実に多くの著名俳人が亡くなっていることに感慨を深くした。その一方で、漏れている作家がいることに違和感を持った。その一人が、宗田安正である（二〇二一年二月十三日逝去）。その後、五月に出る本阿弥書店の「俳壇年鑑」にこの点を指摘し、同年鑑では取り上げられたのは喜ばしいことだった。「俳壇年鑑」はその意味で「俳句年鑑」の補完的役割を果たしている。

宗田安正は確かに誰でもが知っている俳人ではない。むしろ立風書房の編集人として、多くの名著を世に送り出した人として知られている。編集とは縁の下の力持ちだから、句集の著者ほどにはよく知られてはいないが、彼らがいなければ名著は世に現れないのだから、決して忘れていい人物ではない。

宗田安正の俳句との関わりは実作から始まっている。一九三〇年（昭和五年）東京浅草に生まれ、結核療養中に俳句を始め、山口誓子の「天狼」に入会し巻頭を得ている。大学入学後、俳句から離れ、出版社の編集に専念した。しかし一九八三年、寺山修司が亡くなる直前に構想した「雷帝」に参加を要請されたことにより、実作を再開することとなる。

「雷帝」は小説家・倉橋由美子、編集者・齋藤愼爾、宗田安正、寺山修司、音楽家・松村禎三、三橋敏雄という異色の顔触れ六人による同人誌である。三橋以外は当時、俳人として語られることもなかった。いかにもジャンルオーバー好みの寺山らしい顔触れだ。この企画は、発起直後の寺山の死によって頓挫したが、やがて、残った同人たちの発意により、一九九三年「雷帝創刊終刊号」という形で日の目を見た。

俳句を再開した宗田安正は、『個室』(深夜叢書社、一九八五年)、『巨眼抄』(深夜叢書社、一九九三年)、『百塔』(花神社、二〇〇〇年)、『巨人』(沖積舎、二〇一六年)の句集、『昭和の名句集を読む』(本阿弥書店、二〇〇四年)、『最後の一句——晩年の句より読み解く作家論』(本阿弥書店、二〇一二年)の評論集を刊行した。特に顕著なのは、編集者の目をもってする的確な俳句批評を行ったことだ。

こうした見識を持っていたからこそ、立風書房からは名著が生まれた。『現代俳句全集(全六巻)』(一九七七—七八年)、『現代俳句集成』(一九九六年)は現代俳句を鳥瞰する名著として、その名声に揺るぎがない。前者は戦後派作家の主要作品をまとめており、付録として、それぞれの作家に代表句の鑑賞を行わせたものが掲載され、龍太、澄雄や兜太らの戦後派作家論を書くに当たって、現代にあっては欠かすことのできない基礎資料となっている。また、後者は『現代俳句全集』に後続する昭和一桁世代、更には戦後生まれ作家までを含めた選集となっている。

山本健吉が昭和以後の作家・名句集を評定した評論家とすれば、宗田安正は健吉が及ばなかった戦後生まれ作家までを視野に入れた評論家なのである。こうした鑑識眼は評論集でも発揮されており、『昭和の名句集を読む』『最後の一句』はいずれも、寺山修司や攝津幸彦などの作家を取り上げることによって、今日でも読むに堪える評論となっている。

宗田安正の名前に関連して忘れられない作家に飯田龍太がいる。なぜなら、飯田龍太の晩年の句集はほとんど全て、立風書房から出されていたからである。第六句集『山の木』（一九七五年）、第八句集『今昔』（一九八一年）、第九句集『山の影』（一九八五年）、第十句集『遅速』（一九九一年）。第七句集『涼夜』（一九七七年）は変則的な句集で五月書房から出ている。

これらの句集は龍太の指名で立風書房から出され、いかに宗田安正が龍太の信頼が厚かったかを物語っている。全十句集のうち、龍太の句業の半ばは、宗田安正の手を通して知ることができるのである。実際、第十句集『遅速』の原稿を渡された時、宗田は龍太から、「これが最後の句集だ」と言われたと述べている。「雲母」終刊（一九九二年八月）の一年前に龍太は宗田安正に終焉を伝えていたのである。

こうした厚意に応えて、龍太の没（二〇〇七年二月）後早々に宗田安正は大冊の現代詩手帖特集版『飯田龍太の時代――山廬永訣』（思潮社、二〇〇七年六月）を監修している。生前、色々な出版社が『龍太読本』のような企画を何度か行っていたが、没後最も完璧な特集はこの本をおいて他はない。宗田安正はよく龍太に報いたと言うべきであろう。

宗田安正の名前に関連して忘れられないもう一人の作家が寺山修司である。宗田安正に俳句への復帰を促した最大の恩人は寺山で、その経緯については冒頭に述べた通りであるが、寺山の俳句の秘密を明らかにしたのが宗田安正であったのである。没後早々の『寺山修司俳句全集』（新書館、一九八六年）の解説で、ジャンルを超越した天才の仕掛けを明らかにした。

知られているように、寺山が最初に手がけたジャンルは俳句であり、その後、短歌、詩、演劇と次々と時代を革新していった。特に俳句は、十五歳から十九歳にかけての作品を残して短歌へ脱出してしまった。にもかかわらず寺山はその後、亡くなるまで高校時代の俳句作品を出している。『われに五月を』（作品社、一九五七年）は最初の俳句を収録した作品集であるが、以後『わが金枝篇』（湯川書房、一九七三年）、『花粉航海』（深夜叢書社、一九七五年）、「わが高校時代の犯罪」（「別冊新評」一九八〇年四月に掲載）など、これらは自ら高校時代の作品をまとめたものだといい、早熟であった天才作家の伝説を決定づけたが、宗田の研究によれば、これらはその後、新作したり改作したものが多かったという。寺山のテーマ自身が、「青春の文学」であるということであったのだ。

「二十歳になると、憑き物が落ちたように俳句から醒めて、一顧だにしなくなってしまった」と言っていた寺山に、後年、「俳句は、おそらく世界でもっともすぐれた詩型である」と言わしめ、最晩年に俳句同人誌「雷帝」を創刊させる動機を宗田安正は明らかにしたのである。

堀田季何は、戦略的作家だ。

［R5・1］

昨年（二〇二二年）、俳壇で最も話題となった人物は、堀田季何であったのではないかと思っている。

私が堀田と最初に知り合ったとき、夏石番矢代表の「吟遊」に在籍していた。しかし、次に会った時は小澤實主宰の「澤」に在籍していた。重なっていた時期もあったかもしれない。俳壇の最左翼と最右翼の師系に所属して違和感がないというのは、熾烈な「伝統」対「前衛」の対立の時代に初学時代を迎えた私にとって、不思議な思いがしたものだが、それはやがて理由が判明する。

堀田の物の考え方がよく分かったのは、二〇一八年十一月十七日、金子兜太のシンポジウムを開催したとき。何人かのパネラーにいくつかのテーマで基調講演を依頼した。このときのテーマに俳句の国際化の問題があり、堀田には「世界の兜太」の題で、やや卑俗なテーマとなるが俳人がノーベル文学賞を取るための条件を語ってもらった。実に該博な知識を持ち、多くの体験を通した条件を挙げてくれた。結論は、①作品を選ぶこと、②優れた翻訳をすること、③そうした翻訳を大量に流通させること、④媒体を選ぶこと、⑤読者のレベルを上げること、などだ。面白かったのは①で、日本ではどんなに優れた俳句でも、外国人に伝達不可能な俳句は紹介を断念したほうがいいという。確かに考えればもっともだが、言われてみると実にドライで面白い。また、②では、兜太の翻訳された俳句がいかにいい加減かを例を挙げて紹介していた。

さて、堀田の俳句活動だ。堀田季何には三冊の句集がある。それぞれに意味深長な句集である。

（1）『人類の午後』（邑書林、二〇二一年八月六日）

昨年度（二〇二二年度）の芸術選奨文部科学大臣新人賞、現代俳句協会賞を受賞した句集である。社会詠的な素材も多くあるが、かなり野心的な俳句を詠んでいた堀田だから、私にしてみれば穏やかな句集というのが印象的だった。

自爆せし直前仔猫撫でてゐし
花降るや死の灰ほどのしづけさに
ぐわんじつの防弾ガラスよくはじく

にせものの太陽のぼるあたたかし
とりあへず踏む何の繪かわからねど
（2）『星貌』（邑書林、二〇一二年八月六日）
『人類の午後』と全く同じ年月日、同じ出版社から出ている句集である。そして、『人類の午後』と対照的に、全編、無季俳句である。不定型・自由律さえ交じっている。
棄てられてミルクは季語の匂いかな
永遠は何千年も笑っている
黒い聖句は腐らずに発火する
弦かきならしかならしかなしなしし
宇宙の中心で凍っている夢は誰のもの
（3）『亞剌比亞』（Qindeel、二〇一六年）
前出『星貌』の後半には付録として『亞剌比亞』が収められている。これはアラブ首長国連邦で行った吟行作品で、全ては超季もしくは無季の作品であるという。アラブ首長国連邦の出版社から出された日英亞対訳句集である。
あせるまじ砂漠はどこも道である
何事も神の手のうち冗談も

音は空間音楽は時間　薔薇
右方から書きぬ預言も睦言も
月の色さしてあらびあ真珠かな

堀田の句の作り方は通常、無季と有季の両方を作っているが、それを句集を出すときに有季句集と無季句集の二つに分けるのだ。右に見たように、同日付で同じ出版社から有季の『人類の午後』、無季の『星貌』を出した。たぶん本質的には、第一句集『亞剌比亞』が超季・無季の作品集であることからも、無季作家と言ってよいだろう。その意味では、非常に戦略的である。将来は俳人協会賞と現代俳句大賞、両方を取れる可能性もあるくらいだ。また、堀田の句集をどのように取り上げるのかによって、批評する側の見識が問われることになるという意味で、非常に面白いものとなっている。

「俳句四季」二〇二二年四月号が「前衛俳句とは何か」を特集している。この中で十一人の論者が前衛俳句を論じている。その中の一人として堀田は、「現在、俳句の前衛は存在しない」と、前衛俳句に対して批判的に述べている。確かに堀田の句はかつての前衛俳句とは違う。では何であろうか。いままでの経緯から言っても、私は「戦略的俳句」だと思っている。状況を踏まえてあらゆる戦法を取るという意味で戦略的である。ただ、戦略には常に相手がいる。かつての前衛俳句の批判対象が伝統俳句であったように。戦略的俳句の仮想敵はもはや伝統俳句ではない。私は堀田の戦略的俳句の敵は、安定成長俳句ではないかと思っている。

最近の堀田の活動は更に枠をはみ出している。直近の例を見てみよう。二〇二一年春に、「楽園」という電子媒体の俳誌を創刊し、年一回はそれを紙の版としている。立派な主宰者となったのだ。しかし、これは、「ホトトギス」や「萬緑」などと全く違った雑誌であり、堀田に主宰者志向があると言っては誤解となろう。戦略の一環なのだ。また、現代俳句協会幹事として、新法人の組織設計や定款作りをするなど、新法人発足の中心人物となっている。組織の起案者は、得てして次の時代を主導するものだ。堀田の活動は、結社や同人誌、伝統や前衛の枠組みを超えてしまっているのである。

かつてこのような戦略的志向の作家がいたかと言えば、一人いたと言いたい。それは坪内稔典である。坪内以来の戦略的作家を、我々は俳壇に迎えようとしているのである。

【参考】堀田季何には、『惑亂』(書肆侃侃房、二〇一五年)という歌集がある。多才な人なのである。

「玉藻」に、星野椿は欠かせない。

［R5・3］

二〇二二年（令和四年）十一月十二日、「俳誌『玉藻』創刊千百号 星野椿プラチナ卒寿 合同祝賀会」が品川プリンスホテルで開かれた。来賓百人を含む二百五十人を集めた盛大な祝賀会であった。千号を超える号数かつ俳壇有数の大結社の、滅多にない会である。しかし、それだけではない感動的な祝賀会であることも、付け加えておきたい。

なぜなら、二〇二〇年（令和二年）九月四日、「玉藻九十周年、星野椿卒寿、鎌倉虚子立子記念館開館二十周年合同祝賀会」が案内されたが、コロナのため中止、二〇二一年（令和三年）九月三日、同合同祝賀会が再度案内されたが、再び中止、今回は三度目の正直として崖っぷちの案内であったからだ。コロナの影響下で中止になったり規模縮小の祝賀会はよく見てきたが、ここまで根気強く企画された祝賀会はなかった。実際、十二日の祝賀会は、全く通常の会食や会話が行われており、コロナ以前の活況を呈していた。もっとも、そのときには第八波が押し寄せてきたのだが。今後、コロナの歴史で真っ先に思い出されるイベントとなることであろう。

「玉藻」は、虚子が立子に一九三〇年（昭和五年）六月創刊させた、初めての女性主宰者による俳句雑誌である。虚子は創刊号の消息で、「私は本誌を女流の雑誌とし又俳句初心者の雑誌とし度いと思ひます」と述べている。創刊号を見てみると、山口青邨、赤星水竹居、池内友次郎、真下真砂子、新田宵子、星野よしと、本田あふひ、阿部みどり女、杉田久女、西山泊雲、池内たけしの顔触れが記事を出し、当時「ホトトギス」の中心作家である4Ｓ（秋櫻子、誓子、青畝、素十）は一人も顔を出していないのも象徴的だ。中心の高浜虚子は「牡丹の芽（俳句五句）」「俳句をどうして作ったらいいか」「文化学院生徒に俳句を教える」「立子へ」、星野立子は「理容院」「玉藻初句会」「著莪の花（俳句五句）」「手紙」を出している。虚子・立子の身内、女流作家、ホトトギスの重鎮が轡を並べているが、文芸雑誌というよりはごく身内の雑誌と言ったほうがいい。それだけに杉田久女が顔触れに入っていることにほっとしたものを感じる。おそらく一九三一年（昭和六年）の「馬酔木」独立という激動期の直前の、「ホトトギス」にとっても絶頂期の姿と言ってよいだろう。

俳句選は、虚子・立子共選の「一人一句」、課題句選があり、いずれも圧倒的に女性会員が多い。

この中でも圧巻は、虚子の「立子へ」だろう。我々は、岩波文庫に収録されている「立子へ」を読むことにより、虚子のその他の俳話、「虚子俳話」「俳句への道」などと同様、「ホトトギス」俳句の神髄を語っているように思うが、「玉藻」に掲載されている第一回を読むとき、別の感覚を抱く。その他の俳話が虚子の講演会とすれば、「立子へ」は虚子・立子の二人芝居で、我々はその舞台の観客に過ぎない。そう、新派の芝居――我々はそこに親子の情だけを感じればよいのだ。

「立子、お前に雑誌を出すことを勧めたのは全く突然であつた」

「お前に雑誌を出すことを勧めた理由はまだお前には話さなかつた。ここに少し其理由を言つて見やうと思ふ」

「今度早子〈星野椿のこと＝筑紫注〉が生まれてから愈々束縛が多くなつた。お前も、もう俳句は作れさうも無い、と言ふやうになつた。私は愈々残念なことだと思つた。そこで思ひついたのはお前の手で雑誌を出すことであつた」

「お前等二〇代三〇代の若い女を中堅にして雑誌を編輯して見ると云ふ事は面白い事だと思ふ、何物にも拘束されず、自分達の要求するままに、傍若無人にやつて見るがよからうと思ふ」

「私の如き老人は唯遠巻に背後にあつて、お前等の要求に任せて助力する」

親子の情がよく伝わる一方、「玉藻」という雑誌の原動力が星野椿の誕生という個人的な事情であることもよく分かる。「玉藻」に星野椿は欠かせないのだ。祝賀会の趣旨の椿の卒寿を祝う意味もここではっきりする。星野椿の歴史・生涯は「玉藻」の歴史でもあるからだ。

しかし、「玉藻」は戦後俳句史にも大きな足跡を残している。虚子は、自分の活動の場を「ホトトギス」から「玉藻」に移している。新人会の育成をこの新たな場で進めるとともに、「玉藻」に「研究座談会」を載せ、新人会中心メンバーと、「ホトトギス」俳句、さらには戦後俳句を語り始めるのであった。戦後の虚子は「玉藻」とともにあった。虚子の大往生の経緯を星野高士から聞いたことがある。最晩年の虚子は、毎日を虚子夫人と、鎌倉に配置した娘たちと会食して暮らしたという。男親としてこんな幸せはないだろう。虚子と言えば鎌倉を思い出すのはこんな理由もある。

一九五九年(昭和三十四年)に虚子、一九八四年(同五十九年)に立子は亡くなったが、「玉藻」からは星野高士や本井英が育った。現在は、鎌倉虚子立子記念館の設立と運営、星野立子賞を創設して女流俳人の顕彰に貢献している。

「玉藻」九十周年、千百号を記念した主宰・名誉主宰の句集も刊行されている。

靴音もほとんど絶えし晦日蕎麦
ホテルロビー午前三時の作り滝
テレビ局前にタクシー待つ炎暑
メーデーに令和の夜明けなどはなく

星野高士『渾沌』

陽炎や人は遠くをいつも恋ひ
春近き雨の音とは落着きし
はぐれたる雁が雁追ふ月夜かな
万物の梅雨に従ふ静けさよ

星野椿『遥か』

新しい俳句が生まれなくては、俳句は滅ぶ。

［R5・4］

十年前の本時評「俳壇観測」(連載120)で、「二十一世紀俳句時評について——私たちがこれから見る俳句のすがたとは？」を書いた(「俳句四季」二〇一三年一月号)。これは二〇〇三年(平成十五年)から二〇一三年(同二十五年)までの時評を振り返り、何を話題としてきたかを回顧したものである。次の六つのテーマを掲げたのである。

(1) 東日本大震災と俳句

二〇一一年(平成二十三年)三月十一日の東日本大震災の後であったからまだ記憶は新しかったが、また震災俳句をテーマにした句集が出始めていた。

(2) 世代交代

三橋敏雄、佐藤鬼房、鈴木六林男、桂信子、藤田湘子、飯田龍太、森澄雄らが亡くなり、戦後世代の欠落感が顕著であった。金子兜太ばかりが元気であった。

（3）雑誌の興廃

「青玄」「青樹」「曲水」「白露」などの長寿雑誌、大雑誌が終刊を迎える一方、「俳句研究」「俳句朝日」などの総合誌も終刊を迎えた。

（4）戦後生まれ以後（『新撰21』世代）の登場

それまでなかなか恵まれなかった新人登場の場が、俳句甲子園、芝不器男俳句新人賞、『新撰21』『超新撰21』などによって増え、新しい顔触れが登場してきた。神野紗希、佐藤文香、関悦史らがデビューした。

（5）俳句部品（季語・切字）論争

日本気象協会の二十四節季見直しや、切字・切れ論、類想句論争などの細々した議論が盛んとなった。

（6）新しい詩と伝統詩

正岡子規国際俳句賞で欧米の詩人と金子兜太が受賞を果たし、少しずつ俳句の国際的な認知が高まった。一方で高浜虚子の顕彰も進み、虚子関係の記念館の開設や、虚子関係のイベントも始まりだした。

この時評を書いてから十年たったが、その後、俳壇はどのようになっているだろうか。前の十年と比較しながら考えてみよう。

（1）東日本大震災復旧の難航とコロナの登場

震災から十年以上経過したが、放射能の除染は遅々として進まない。東日本大震災は異常な災害であったということだ。次々に起こる災害があっても、それで塗り替えられはしない記憶が残った。しかし、これにさらに追い打ちをかけるようにコロナという災厄が起こった。幸い日本では見られなかったが、埋葬しきれない遺体が教会や病院の通路に積み重ねられていたのは衝撃的な映像であった。現在、第八波にまで及び、三年以上にわたり旅行や会合の制約が続いている。俳壇にとっても明るい時代ではなかった。

（2）世代交代

この時期に至り、とうとう金子兜太が亡くなり、その次の世代の稲畑汀子も亡くなり、鷹羽狩行も療養生活からかほとんど活動することはなくなった。三人とも大きな協会の会長・名誉会長として、それぞれの協会に君臨してきただけに、俳壇の方向の見極めが極めて難しくなってきた。さらに、この三人および三協会の調整役を果たしてきた国際俳句交流協会会長の有馬朗人の逝去も大きなダメージであった。

これを受けて、俳壇の象徴であった朝日俳壇においても、兜太、汀子から、高山れおな、小林貴子へと選者が世代交代した。

一方で、俳壇を支える出版社や評論家も忘れてはならない。まず、松尾正光東京四季出版創業社長や名伯楽の宗田安正の死がある。あるいは「俳壇」の本阿弥秀雄社長も勇退し、沖積社の沖山隆久代表の近況を聞くことも少なくなった。これらの人によって俳壇の新しい企画は進められてきたのだ。

（3）雑誌・協会の興廃

「海程」「狩」「未来図」などの大雑誌が終刊を迎える一方、総合誌「俳句αあるふぁ」も休刊を迎えた。個別の著名雑誌もさることながら、刊行されている俳句雑誌の総数が十年間で二十五パーセントも減少していることのほうが衝撃かもしれない。

これと並行して、現代俳句協会、俳人協会、日本伝統俳句協会の会員数も減少または横ばいであり、二十年前の右肩上がり、行け行けどんどんの時代の面影がなくなっている。こうした時代に対応するため、現代俳句協会も名誉ある任意団体から社団法人へ移行することとなった。

（4）「戦後生まれ」以後の活躍

新人顕彰の場が増えて覚えきれないほどの名前が登場してきた。そのような中で、十年前にはまだ新人であった神野紗希、佐藤文香、関悦史、堀田季何、西村麒麟などがすでに中堅として活躍をしている。特に、堀田、西村、さらに堀本裕樹など四十代、三十代の結社の主宰者が登場したことも驚きであった。

（5）俳句論争

論争というほどではないが、アニミズム論がいくつか提出された。また、俳句の部品としては切字・切れ論が古くて新しい話として話題となっている。

一方で、「読み」と「詠む」姿勢の対立も浮かび上がっているようにも思われる。多くの近現代俳句の蓄積した作品を踏まえて、それを再生産することによって詠まれる俳句と、作者の主体性で「詠む」俳句は、半世紀前の「作る自分」論争と重なり合う。議論のかまびすしいIT俳句論争もこの二つの立場で意見が分かれるように思う。

(6) 新しい俳句

世代交代が進み始めてはいても、新しい俳句はまだ見えてきてはいないように思われる。それは、冒頭の震災及びその後のコロナの次の世界が見えてきていないこととも関係がありそうだ。リモートによる句会が進み、ネットによる作品発表が進んでいるとはいえ、それによって血のたぎるような新しい俳句が生まれているわけではない。百年前、コロナならぬスペイン風邪(一九一八年—一九年)が世界中に蔓延し、また関東大震災(一九二三年)で被災するという、現在によく似た状況が生まれた。東大俳句会が発足し(一九二二年)、水原秋櫻子、山口誓子、高野素十、阿波野青畝の4Sが登場し、昭和の新しい俳句が誕生したのだ。新興俳句も人間探求派もその延長にある。現在の状況で新しい俳句が生まれてこなくては、俳句は滅んでしまうかもしれない。

【参考】この本の執筆中にも、「俳壇観測」でしばしば取り上げた、黒田杏子（二〇二三年三月十三日）、齋藤愼爾（同年三月二十八日）、大石悦子（同年四月二十八日）、鷹羽狩行（二〇二四年五月二十七日）が亡くなっている。

昭和九十九年。令和までの俳句史をたどる。

〔R6・2〕

無事、令和六年（二〇二四年）を迎えた。ところで、令和の前に平成が三十年と四か月続き、さらにその前に長い昭和時代があった。我々の歴史意識は、この昭和・平成・令和でぷつんと切れていて、あまり整理された時間の流れが感じられずにいる。特に昭和は今もって素晴らしい時代・悲惨な時代として様々に語られるが、それだけ存在感が強い時代だった。しかし、平成・令和はそれは希薄だ。そこで昭和を基準に考えてみると、今年（令和六年）は昭和九十九年に当たることに気づいた。さてこの昭和俳句史、戦後俳句史はどのようなものであったか。

青木亮人が「現代俳句の研究を思いたった時、ある困難に気づくのではないか。当惑といってもよい。まず、通史が存在しないのである。『現代』を昭和期以降として、昭和期全体を俯瞰した俳句史が見当たらない。特に戦後俳壇は現代俳句協会、俳人協会、日本伝統俳句協会に分裂したが、これらを『三派鼎立時代』と見なすような――あるいは見なすべきではないとする——史観が存在しないのである」（『昭和文学研究』〈平成二十一年〉所収「研究動向・現代俳句」）と指摘している。確かに長く華やかだった昭和俳句史をだれもまとめて語ってくれていない。探してみると次のようなものぐらいであろうか。

○楠本憲吉編著『戦後の俳句〈現代〉はどう詠まれたか』社会思想社、昭和四十一年（終戦から現代俳句協会の分裂後まで）

○松井利彦『昭和俳壇史』明治書院、昭和五十四年（戦後初期から虚子没年まで）

○『鑑賞現代俳句全集 第一巻』立風書房、昭和五十六年所収、坪内稔典「昭和俳句史（二）」（戦後から兜太・重信まで）

しかし、これだけでは十分ではない。やっと昨年、川名大『昭和俳句史——前衛俳句〜昭和の終焉』（角川書店、令和五年）が出たが、それでも、昭和三十年代から昭和末年までというやや中途半端な切り口となっている。特に、昭和以後の俳句史が存在しないところが残念である。特色としては新興俳句系の歴史が多いことだ。

平成俳句史・令和俳句史（つまりリアルタイムな現在史）を書こうとする試みはないわけではない。長期間にわたる歴史観察は長くさえあれば、時評をつなげていっても見ることは可能だ。例えば、普通の俳句時評は一年ないし半年交代で様々な論者に執筆させているが、これを長い視点で続ければ自ずと俳句史が出来上がる可能性があるわけである。例を挙げてみよう。

（1）「詩学」・俳壇時評：林桂一九八九―二〇〇三（十五年間）
これは『俳句・彼方への現在』（詩学社、二〇〇五年）として抜粋刊行している。
（2）「俳句四季」俳壇観測：筑紫磐井二〇〇三―二〇二三（二十一年間）
これは『21世紀俳句時評』（東京四季出版、二〇一三年）として二〇一三年までのものを抜粋刊行している。

抽象的では分からないから、それぞれの本で掲げられている興味深い事件・事象・著書を眺めてみよう。

●林桂『俳句・彼方への現在』
乾裕幸「俳句の現在と古典」（一九八九年一月）
小林恭二「俳句という遊び」の問い（一九九一年一月）
飯田龍太「雲母」終刊の意味（一九九二年十月）
「雷帝」創刊終刊号（一九九四年二月）
筑紫磐井「飯田龍太の彼方へ」（一九九四年八月）
復本一郎「俳句と川柳」（二〇〇三年三月）
金子兜太「東国抄」（二〇〇一年六月）
黒田杏子「証言・昭和の俳句」（二〇〇二年七月）

川名大「モダン都市と現代俳句」（二〇〇二年一月）
坂本宮尾「杉田久女」（二〇〇三年八月）

●筑紫磐井『21世紀俳句時評』

七十代の冒険［星野麥丘人・吉田汀史］（二〇〇三年一月）
新興俳句を読んでみよう！［高屋窓秋・加藤郁乎］（二〇〇三年三月）
鎌倉虚子記念館に行く［高浜虚子］（二〇〇三年四月）
中岡毅雄よ、もっと有季を語れ［中岡毅雄］（二〇〇五年三月）
俳句は口承詩である［鈴木六林男・桂信子］（二〇〇五年五月）
俳句時評の書き方［林桂・田中裕明］（二〇〇五年六月）
結社誌の時代は終わった？（二〇〇六年二月）
『新撰21』新世代大いに語る（二〇一〇年三月）
東日本大震災を考える（二〇一一年六月）
「俳句研究」の終刊（二〇一一年十一月）
俳句甲子園の定着（二〇一二年十二月）

林桂『俳句・彼方への現在』は川名の本と同様、新興俳句系の作家の動向に詳しい。筑紫磐井『21世紀俳句時評』は雑多で、伝統俳句や俳人協会系の事項、風俗的な事件まで含まれている。よって立つ俳句史観が異なることが大きいが、これらの時評が真理である必要はない。それは読者が自らまとめ上げるべきことだからだ。読者が考えるための心覚えのための年表であるから、それぞれの時代が浮かび上がることが大事だが、史観の違いはそれほど大きな問題ではない。少なくとも何の手がかりもない状況で、戦後や昭和を考えるわけにいかないから、その補助手段である。

一例を挙げれば、冒頭、青木亮人の発言を引用した中で、「現代俳句協会、俳人協会、日本伝統俳句協会に分裂したが、これらを『三派鼎立時代』と見なすような――あるいは見なすべきではない」と断定するためには、やはり多くのディテールの詰まった、何らかの資料集が必要であろう。特にそれが、血湧き肉躍るような面白いエピソードが語られることは嬉しいものである。冒頭に掲げた、楠本憲吉編『戦後の俳句〈現代〉はどう詠まれたか』はこうしたことから見ても傑出した名著であった。文章練達の士が書いた歴史はこんなにも面白く分かりやすくなるのかと感心するほどである。

【参考】本編記述の後、私自身、『戦後俳句史 nouveau 1945-2023――三協会統合論』(ウエップ、二〇二三年十二月)を刊行したので、付記しておきたい。川名大『昭和俳句史』と異なる史観から記述した俳句史であり、二つを対比することにより、この章の意味は一層よく分かるようになると思う。『昭和俳句史』は俳句表現史を語ると宣言しているが、平成・令和俳句の表現史は何も語っていない。現代を語らなければ、未来の処方箋を示すことはできない。平成・令和俳句に刮目すべき俳句表現が存在しているかは不明なのである。一方、『戦後俳句史』は平成・令和俳句史を射程に入れているが、平成・令和俳句史の中で、表現史は影が薄くなり、俳壇史が圧倒的に支配的となっていると見ている。結論として三協会統合論を唱える理由の一つにはこんなところにあるのである。これが正しいかどうかは十年後、二十年後にならなければ検証できないが、後に振り返るための材料(平成・令和俳句)は今から用意しておかねばならないだろう。こんな手掛かりのため本編を加え、今後の検討の参考とした。

ちなみに、時評では評論や活動が中心となりやすいが、「俳句四季」では、齋藤愼爾、大西朋らと、十五年にわたり、座談形式による「最近の名句集を探る」を連載し、平成・令和の三百冊近い句集を鑑賞批評してきた。一つの基準で眺めてきた作品鑑賞も将来、役に立つことになると思う。本書の巻末に「21世紀句集一覧」として題名のみを掲げた。

あとがき

本書の執筆趣旨は「まえがき」で書いたとおりであるが、先行する『21世紀俳句時評』には付さなかった「あとがき」をここに加えることとした。『21世紀俳句時評』と少し異なる事情が生まれてきたからである。

当初、本書は、「新しい俳句が生まれなくては、俳句は滅ぶ。」(「俳句四季」連載243「前の一〇年と次の一〇年」)で終了する構成としていた。『21世紀俳句時評』の最後が直前十年(平成十五年―二十五年)の回顧の章となっており、これと平仄を合わせた十年(平成二十五年―令和五年)の回顧の章を連載243で書いており、二つの回顧の章を読み比べることにより二つの十年間の時代の比較をできると考えたからである。

しかし、この243の後で大きな変化が生まれた。一つは、平成・令和の俳壇史に大きな影響を与えた齋藤愼爾と黒田杏子が相前後して亡くなったことである。「空白の五十年が、やってきている。」(「俳句四季」連載224「俳句の現代史とは何か」)で書いたように戦後俳句が固定化して行く中で、これらに敢然と挑戦した試み(齋藤愼爾『現代俳句の世界』〈朝日文庫〉と黒田杏子『証言・昭和の俳句』など）は、いわば今後の俳壇にとっても希望の星であった。だからこそ、彼ら二人の亡き後、今後、俳壇がどのように変貌していくのかは道筋が見えにくくなってしまったのである。

もう一つは令和五年になってから、現代の俳句史を三十年ぶりに見直す史観の対立が生まれたことである。『昭和俳句史――前衛俳句～昭和の終焉』（川名大・角川書店）と『戦後俳句史nouveau 1945-2023――三協会統合論』（筑紫磐井・ウエップ）である。前者が戦前の新興俳句を踏まえつつ前衛俳句の記述から昭和末年の記述までで終わっているのに対し、後者が戦後の断絶を踏まえ全戦後史を既述した意味で対蹠的であるが、この時期に、通史的な俳句史は、未来の俳句を考えるためにどうしても必要であると思われる。『昭和俳句史』は平成・令和の俳句史に言及せず、『戦後俳句史』は平成・令和を俳壇史として捉えるという態度をとっている。その意味では、今後の俳句を考える意味で、とりわけ平成・令和の俳句を期間限定的に捉える時評が求められている。その一例として、「昭和九十九年。令和までの俳句史をたどる。」（「俳句四季」連載253「昭和99年の視点で見た歴史」）を加えて、本書の締めとしたものである。

もちろん、二著と異なる立場の意見もある。福田若之は両著登場後、早速、両者のいずれの価値判断も〈意志〉のイデオロギーに支えられていると見て、新しいもう一つの道筋の可能性を示し、「双方を一気に乗り越えなければならなくなる」「古いものをばらして組み替えたりするほうに心血を注ぐ書き手が現れたりしたら、すべてが覆るだろう」と述べている（「二冊の《俳句史》から」WEP俳句通信139)。これについてはすでに清水良典が『あらゆる小説は模倣である。』(幻冬舎新書、二〇一二年)で、盗作になることなく模倣する具体的な技法を披露しており、ある意味で虚子の花鳥諷詠と驚くほどに似ている。問題はそれをどのようにして文学論として結実させる道筋を作るか、ということであろう。二冊の《俳句史》を乗り越えるかどうかは別として、無風の俳壇に新しい風や論がもたらされることを期待している。

筑紫磐井

戦後八十年
令和七年一月

【巻末付録】21世紀句集一覧

「俳句四季」の座談会「最近の名句集を探る」に取り上げた句集一覧である。司会者とレギュラーメンバーの二、三人とゲストで座談会を行い、二号に分けて掲載されている。初期には東京四季出版・松尾正光社長（当時）も司会として参加した。

■掲載年月〔回〕	■著者名『句集名』	■座談会出席者（上段はゲスト）
二〇〇九年一月、二月〔1、2回〕	佐怒賀正美『悪食の獏』 仙田洋子『子の翼』、橋本榮治『放神』 山本洋子『桜』、山上樹実雄『晩翠』 澁谷　道『蘡』、冨士眞奈美『瀧の裏』	今井　聖 松尾正光（司会） 齋藤愼爾 奥坂まや
二〇〇九年五月、六月〔3、4回〕	佐藤文香『海藻標本』 杉山久子『猫の句も借りたい』 恩田侑布子『空塵秘抄』、綾部仁喜『沈黙』 黛　執『畦の木』、豊長みのる『天啓』	高山れおな 松尾正光（司会） 齋藤愼爾 奥坂まや

■掲載年月〔回〕	■著者名『句集名』	■座談会出席者（上段はゲスト）
二〇〇九年十一月、十二月〔5、6回〕	小原啄葉『而今』、大峯あきら『星雲』 眞鍋呉夫『月魄』、中岡毅雄『啓示』 鳥居真里子『月の茗荷』、正木ゆう子『夏至』	仙田洋子 松尾正光（司会） 齋藤愼爾 奥坂まや
二〇一〇年五月、六月〔7、8回〕	行方克巳『阿修羅』、浅井愼平『冬の阿修羅』 豊田都峰『土の唄』、清水喜美子『風音』 山西雅子『沙鷗』、岸本尚毅『感謝』 髙柳克弘『未踏』	田中亜美 松尾正光（司会） 齋藤愼爾 奥坂まや
二〇一〇年九月、十月〔9、10回〕	小長井和子『紫雲英田』、加藤瑠璃子『吊し雛』 平瀬　元『陣者』、大竹多可志『水母の骨』 山田耕司『大風呂敷』、杉原祐之『先つぽへ』	星野高士 中西夕紀 筑紫磐井（司会） 齋藤愼爾
二〇一一年一月、二月〔11、12回〕	高橋睦郎『百枕』、鷹羽狩行『十六夜』 有馬朗人『鵬翼』、佐藤清美『月磨きの少年』 上田日差子『和音』、岩田由美『花束』	対馬康子 山田真砂年 筑紫磐井（司会） 齋藤愼爾

二〇一一年五月、六月（13、14回）	黒田杏子『日光月光』、鈴木　明『〇一一年一月』 大木あまり『星涼』、仁平　勝『黄金の街』 遠藤若狭男『去来』、川上弘美『機嫌のいい犬』	佐怒賀正美 山西雅子	筑紫磐井（司会） 齋藤愼爾
二〇一一年九月、十月（15、16回）	宇多喜代子『記憶』、岡田日郎『新雪』 鳴戸奈菜『露景色』、西村和子『鎮魂』 長嶺千晶『白い崖』、御中虫『おまへの倫理崩すためなら何度でも車椅子奪ふぜ』	小川軽舟 上田日差子	筑紫磐井（司会） 齋藤愼爾
二〇一二年一月、二月（17、18回）	今井杏太郎『風の吹くころ』 三田きえ子『藹藹』、池田澄子『拝復』 原　雅子『束の間』、奥坂まや『妣の国』 中西夕紀『朝涼』	小島　健 仙田洋子	筑紫磐井（司会） 齋藤愼爾
二〇一二年五月、六月（19、20回）	大橋敦子『凛々の生気』、平木智恵子『沈思の目』 齋藤愼爾『永遠と一日』 関　悦史『六十億本の回転する曲がつた棒』 青山茂根『BABYLON』、青柳明子『柳絮降る』	依光陽子 神野紗希	筑紫磐井（司会） 齋藤愼爾

■掲載年月（回）	■著者名『句集名』	■座談会出席者（上段はゲスト）
二〇一二年九月、十月 （21、22回）	大牧　広『大森海岸』、森田智子『定景』 鳴戸奈菜『永遠が咲いて』 神野紗希『光まみれの蜂』、山田佳乃『春の虹』 山﨑十生『悠悠自適入門』	伊藤伊那男 鳥居真里子 筑紫磐井（司会） 齋藤愼爾
二〇一三年一月、二月 （23、24回）	和田悟朗『風車』、辻田克巳『春のこゑ』 岩淵喜代子『白雁』、大関靖博『五十年』 中本真人『庭燎』、陽美保子『遥かなる水』	井上弘美 高橋将夫 筑紫磐井（司会） 齋藤愼爾
二〇一三年五月、六月 （25、26回）	文挾夫佐恵『白駒』、前田吐実男『鎌倉是空』 村上　護『其中つれづれ』、片山由美子『香雨』 浦川聡子『眠れる木』、照井　翠『龍宮』	行方克巳 山下知津子 松尾正光（司会） 筑紫磐井（司会） 齋藤愼爾
二〇一三年九月、十月 （27、28回）	鈴木鷹夫『カチカチ山』、長峰竹芳『暦日』 榎本好宏『知覧』、高岡　修『果てるまで』 今井肖子『花もまた』 宮本佳世乃『鳥飛ぶ仕組み』	岩淵喜代子 鴇田智哉 筑紫磐井（司会） 齋藤愼爾

二〇一四年一月、二月〔29、30回〕	深見けん二『菫濃く』、柿本多映『仮生』 中井之夫『霧の左岸』、島谷征良『南箕北斗』 中原道夫『百卉』、角谷昌子『地下水脈』	中嶋鬼谷 原　雅子	筑紫磐井（司会） 齋藤愼爾
二〇一四年五月、六月〔31、32回〕	金原まさ子『カルナヴァル』 亀田虎童子『合鍵』、桑原三郎『夜夜』 野木桃花『けふの日を』、高野ムツオ『萬の翅』 鎌倉佐弓『海はラララ』	秋尾　敏 角谷昌子	筑紫磐井（司会） 齋藤愼爾
二〇一四年九月、十月〔33、34回〕	鷹羽狩行『十七恩』、大牧　広『正眼』 間村俊一『抜辨天』、星野高士『残響』 岸本尚毅『小』、榮　猿丸『点滅』	井上康明 仙田洋子	筑紫磐井（司会） 齋藤愼爾
二〇一五年一月、二月〔35、36回〕	木田千女『初鏡』、鍵和田秞子『濤無限』 遠山陽子『弦響』、大竹多可志『芭蕉の背中』 坊城俊樹『坊城俊樹句集』 中戸川由実『プリズム』	行方克巳 藤田直子	筑紫磐井（司会） 齋藤愼爾

■掲載年月〔回〕	■著者名『句集名』	■座談会出席者（上段はゲスト）	
二〇一五年五月、六月 〔37、38回〕	山中葛子『かもめ』、辻　桃子『馬つ子市』 森岡正作『風騒』、渡辺誠一郎『地祇』 対馬康子『竟鳴』、岡田由季『犬の眉』	水内慶太 山田佳乃	筑紫磐井（司会） 齋藤愼爾
二〇一五年九月、十月 〔39、40回〕	落合水尾『円心』、秦　夕美『五情』 寺井谷子『夏至の雨』、嶌田岳人『メランジュ』 曾根　毅『花修』、澤田和弥『革命前夜』	角谷昌子 堀本裕樹	筑紫磐井（司会） 齋藤愼爾
二〇一六年一月、二月 〔41、42回〕	増成栗人『遍歴』、大串　章『海路』 鳥居三朗『てっぺんかけたか』 長谷川櫂『沖縄』、宮崎斗士『そんな青』 村上鞆彦『遅日の岸』	天野小石 坊城俊樹	筑紫磐井（司会） 齋藤愼爾
二〇一六年五月、六月 〔43、44回〕	浅井愼平『哀しみを撃て』 坪内稔典『ヤツとオレ』、稲畑廣太郎『玉箒』 藺草慶子『櫻翳』、吉村毬子『手毬唄』 五十嵐義知『七十二候』	浅沼　璞 大高　翔	筑紫磐井（司会） 齋藤愼爾

二〇一六年九月、十月〔45、46回〕	後藤比奈夫『白寿』、藤木倶子『無礙の空』 井上弘美『顔見世』、前北かおる『虹の島』 北大路翼『天使の涎』、藤井あかり『封緘』	稲畑廣太郎 佐藤文香	筑紫磐井（司会） 齋藤愼爾
二〇一七年一月、二月〔47、48回〕	茨木和生『熊樫』、本井　英『開落去来』 高岡　修『水の蝶』、松下カロ『白鳥句集』 恩田侑布子『夢洗ひ』、髙柳克弘『寒林』	大井恒行 小林貴子	筑紫磐井（司会） 齋藤愼爾
二〇一七年五月、六月〔49、50回〕	松山足羽『究むべく』、宗田安正『巨人』 山尾玉藻『人の香』、坂本宮尾『別の朝』 岩岡中正『相聞』、田島健一『ただならぬぽ』	井上泰至 髙田正子	筑紫磐井（司会） 齋藤愼爾
二〇一七年九月、十月〔51、52回〕	瀬戸内寂聴『ひとり』、増田まさみ『遊絲』 菅野孝夫『細流の魚』 田丸千種『ブルーノート』 高浦銘子『百の蝶』、中村安伸『虎の夜食』	横澤放川 阪西敦子	筑紫磐井（司会） 齋藤愼爾

■掲載年月〔回〕	■著者名『句集名』	■座談会出席者（上段はゲスト）	
二〇一八年一月、二月〔53、54回〕	友岡子郷『海の音』、櫂未知子『カムイ』 後閑達雄『母の手』、野崎海芋『浮上』 福田若之『自生地』、小野あらた『毫』	相子智恵 前北かおる	筑紫磐井（司会） 齋藤愼爾
二〇一八年五月、六月〔55、56回〕	安西　篤『素秋』、黄土眠兎『御意』 上田信治『リボン』、山田佳乃『波音』 西山ゆりこ『ゴールデンウィーク』 西村麒麟『鴨』	今井肖子 堀切克洋	筑紫磐井（司会） 齋藤愼爾
二〇一八年九月、十月〔57、58回〕	岩淵喜代子『穀象』、塩野谷仁『夢祝』 倉田明彦『青羊歯』、井口時男『をどり字』 黒澤あき緒『5コース』、佐怒賀直美『心』	飯田　晴 中村安伸	筑紫磐井（司会） 齋藤愼爾
二〇一九年一月、二月〔59、60回〕	山口昭男『木簡』、三森鉄治『山稜』 金山桜子『水辺のスケッチ』、渡邉樹音『琥珀』 岡田一実『記憶における沼とその他の在処』 堀切克洋『尺蠖の道』	大西　朋 銀　畑二	筑紫磐井（司会） 齋藤愼爾

二〇一九年五月、六月〈61、62回〉	有住洋子『景色』、前田攝子『雨奇』 柳生正名『風媒』、高山れおな『冬の旅、夏の夢』 佐藤郁良『しなてるや』、池田瑠那『金輪際』	遠藤由樹子 福田若之	筑紫磐井（司会） 齋藤愼爾
二〇一九年九月、十月〈63、64回〉	大牧　広『俳句日記2018　そして、今』 高橋睦郎『季語練習帖』、中嶋鬼谷『茫々』 水内慶太『水の器』、山田耕司『不純』 佐藤りえ『景色』	今泉康弘 野口る理	筑紫磐井（司会） 齋藤愼爾
二〇二〇年一月、二月〈65、66回〉	金子兜太『百年』、鍵和田秞子『火は禱り』 辻内京子『遠い眺め』 中嶋憲武『祝日たちのために』 藤永貴之『椎拾ふ』、生駒大祐『水界園丁』	榮　猿丸 宮本佳世乃	筑紫磐井（司会） 齋藤愼爾
二〇二〇年五月、六月〈67、68回〉	蓬田紀枝子『黒き蝶』、ふけとしこ『眠たい羊』 山﨑十生『銀幕』、浅沼　璞『塗中録』 小川軽舟『朝晩』、仙田洋子『ははたき』	関　悦史 辻村麻乃	筑紫磐井（司会） 齋藤愼爾

■掲載年月（回）

二〇二〇年九月、十月
（69、70回）

二〇二一年一月、二月
（71、72回）

二〇二一年五月、六月
（73、74回）

二〇二一年九月、十月
（75、76回）

■著者名『句集名』

池田澄子『此処』、蟇目良雨『九曲』
髙橋道子『こなひだ』、三島広志『天職』
辻美奈子『天空の鏡』、北大路翼『見えない傷』

大石悦子『百囀』、藤本美和子『冬泉』
渡辺誠一郎『赫赫』、小池康生『奎星』
橋本喜夫『潜伏期』、篠崎央子『火の貌』

川口　襄『星空』、谷　佳紀『ひらひら』
春日石疼『天球儀』、照井　翠『泥天使』
杉浦圭祐『異地』、神野紗希『すみれそよぐ』

有原雅香『鳩の居る庭』、石嶌　岳『非時』
野中亮介『つむぎうた』
金子　敦『シーグラス』、橋本　直『符籙』
塩見恵介『隣の駅が見える駅』

■座談会出席者（上段はゲスト）

坂本宮尾	筑紫磐井（司会）
守屋明俊	齋藤愼爾
津髙里永子	筑紫磐井（司会）
堀田季何	齋藤愼爾
辻美奈子	筑紫磐井（司会）
山本　潔	齋藤愼爾
黒岩徳将	筑紫磐井（司会）
松本てふこ	大西　朋

二〇二二年一月、二月 〔77、78回〕	太田土男『草泊り』、能村研三『神鵜』 奥坂まや『うつろふ』、遠藤由樹子『寝息と梟』 津川絵理子『夜の水平線』 堀田季何『人類の午後』	土肥あき子 西村麒麟	筑紫磐井（司会） 大西　朋
二〇二二年五月、六月 〔79、80回〕	星野　椿『遥か』、星野恒彦『月日星』 茅根知子『赤い金魚』、小島　明『天使』 相子智恵『呼応』 佐藤智子『ぜんぶ残して湖へ』	しなだしん 西山ゆりこ	筑紫磐井（司会） 大西　朋
二〇二二年九月、十月 〔81、82回〕	増成栗人『草蜉蝣』、松野苑子『遠き船』 津高里永子『寸法直し』 森賀まり『しみづあたたかをふくむ』 堀本裕樹『一粟』、鈴木光影『青水草』	山崎祐子 四ッ谷龍	筑紫磐井（司会） 大西　朋
二〇二三年五月、六月 〔83、84回〕	星野高士『渾沌』 小澤　實『俳句日記 2012 瓦礫抄』 岸本尚毅『雲は友』、甲斐由起子『耳澄ます』	望月　周 望月とし江	筑紫磐井（司会） 大西　朋

■掲載年月〔回〕

二〇二三年九月、十月
〔85、86回〕

二〇二四年一月、二月
〔87、88回〕

二〇二四年四月、五月
〔89、90回〕

■著者名『句集名』

成田一子『トマトの花』
佐藤りえ『いるか探偵QPQP』『ぺこぽこ宇宙』『良い闇や』

秦　夕美『雲』、千葉皓史『家族』
山西雅子『雨滴』、黛まどか『北落師門』
越智友亮『ふつうの未来』、岩田　奎『膚』

黒田杏子『八月』、橋本榮治『瑜伽』
山口昭男『礫』、五十嵐秀彦『暗渠の雪』
杉山久子『栞』、小田島渚『羽化の街』

能美茅柴『悠紬』、染谷秀雄『息災』
本井　英『守る』
ゴラン・ガタリサ『夜のジャスミン』
佐藤文香『こゑは消えるのに』
浅川芳直『夜景の奥』

■座談会出席者（上段はゲスト）

北大路翼	筑紫磐井（司会）
駒木根淳子	大西　朋
赤野四羽	筑紫磐井（司会）
名取里美	大西　朋
小野裕三	筑紫磐井（司会）
甲斐由起子	大西　朋

二〇二四年九月、十月 （91、92回）	坪内稔典『リスボンの窓』 亀井雉子男『朝顔の紺』 守屋明俊『旅鰻』、檜山哲彦『光響』 森田純一郎『街道』、野名紅里『トルコブルー』	浅川芳直	筑紫磐井（司会） 大西　朋
二〇二五年一月、二月 （93、94回）	原　雅子『明日の船』、高岡　修『蟻地獄』 緒方順一『鳴鳴』、岡田一実『醒睡』 阪西敦子『金魚』、黒岩徳将『渦』	網野月を 吉田林檎	筑紫磐井（司会） 大西　朋

著者紹介

筑紫磐井（つくし・ばんせい）

1950年、東京都に生まれる。

俳誌「沖」を経て、「豈」同人。現在、「豈」発行人。藤原書店「兜太 Tota」編集長。

句集に、『野干』（東京四季出版、1989年）、『婆伽梵』（弘栄堂書店、1992年）、『花鳥諷詠』（『筑紫磐井集』〈邑書林、2003年〉に収録）、『我が時代 二〇〇四〜二〇一三――筑紫磐井句集』（実業公報社、2014年）。

評論集に、『飯田龍太の彼方へ』（深夜叢書社、1994年）［第9回俳人協会評論新人賞］、『標語誕生！――大衆を動かす力』（角川学芸出版、2006年）、『21世紀俳句時評』（東京四季出版、2013年）、『虚子は戦後俳句をどう読んだか』（深夜叢書社、2018年）、『戦後俳句史 nouveau 1945-2023――三協会統合論』（ウエップ、2023年）。

詩論に、『定型詩学の原理――詩・歌・俳句はいかに生れたか』（ふらんす堂、2001年）［正岡子規国際俳句賞EIJS特別賞、加藤郁乎賞］、『近代定型の論理――標語、そして虚子の時代』（豈の会、2004年）、『詩の起源』（角川学芸出版、2006年）、『伝統の探求〈題詠文学論〉』（ウエップ、2012年）［第27回俳人協会評論賞］、『戦後俳句の探求〈辞の詩学と詞の詩学〉』（ウエップ、2015年）ほか。

共編著に、『攝津幸彦全句集』（沖積舎、1997年）、『現代一〇〇名句集』全十巻（東京四季出版、2004年−2005年）、『俳句教養講座』全三巻（角川学芸出版、2009年）、『新撰21』（邑書林、2009年）、『超新撰21』（邑書林、2010年）、『相馬遷子 佐久の星 改訂版』（邑書林、2011年）、『いま、兜太は』（岩波書店、2016年）、『存在者 金子兜太』（藤原書店、2017年）、『林翔全句集』（コールサック社、2023年）ほか。

現代俳句協会副会長　俳人協会評議員　日本伝統俳句協会会員
日本文藝家協会会員

新しい俳壇をめざして——新世紀俳句時評
2025年 4月 1日　第1刷発行

著　者｜筑紫磐井
発行者｜西井洋子
発行所｜株式会社 東京四季出版
〒189-0013 東京都東村山市栄町 2-22-28
電話 : 042-399-2180／FAX : 042-399-2181
shikibook@tokyoshiki.co.jp
https:// tokyoshiki.co.jp/
印刷・製本｜株式会社シナノ
定価はカバーに表示してあります。

ISBN 978−4−8129−1083−2